U0165636

羅濟立・吳秦芳◎編著

日語發音學

25講

五南圖書出版公司 印行

作者序

　　本書共有25講，內容涵蓋日語單音以及韻律等發音項目，可作爲大學或各日語教學機構一個學年36週之主要教材。各單元獨立，也可以視學習所需做重點加強。本書分爲「要點整理」和「練習」兩大部分，希望透過日語語音學之基本理論，建立發音學的紮實基礎。又透過大量的練習驗證理論，提昇日語的記音、辨音等能力，正確掌握日語之音感。另外，本書附有示範之語音CD，可供自修使用。

　　除了善用本書之外，學習者應努力實踐以下5點，以期成爲日語發音達人：

1、努力學習日語音聲音韻理論，對發音抱持著特別敏感的態度。

2、善用如電視、廣播、連續劇、動漫、網路等資源。

3、努力實踐並持續「音聲化」練習方法，例如跟讀、朗讀等。

4、時常暴露在如洪流般的日語音聲環境中。

5、設定自我目標並努力達成。

目　次
CONTENTS

目 次
CONTENTS

音節與拍

要點整理

1、 音節，就是各語言發音的最小單位。拍（モーラ），是以時間長爲單位的發音最小單位。日語的特殊拍會與前接拍構成1個音節，故談論日語時，要區別音節與拍。

2、 日語的音節構造簡單、單純。原則上由母音（V）或子音＋母音（CV）構成，種類約一百多種，比華語四百多種或英語三千多種少得多。音節若以母音結尾就是「開音節」，以子音結尾則叫「閉音節」。日語除少數例外，基本上都是開音節。開音節響亮度大，能夠將音節拉長。

3、 拍是日語最基本、最小的節律（リズム）單位。每一拍都具有相同的時間長。此性質又叫做「等時性」，亦即日語每個拍所佔的時間幾乎都相等。

4、 日語話者以「拍」作爲基本單位，藉由堆疊「拍」發出語或句。基本上每個拍由一個「假名」標寫（拗音由兩個假

名構成），只要熟記日語每個「假名」的寫法或發音，就能把日語的任何發音改寫成「假名」。

5、　日語拍的種類如表❶：

母音拍（V）▶ア行

半母音＋母音拍（SV）▶ヤ・ワ行

子音＋母音拍（CV）▶除ア・ヤ・ワ行的直音

子音＋半母音＋母音拍（CSV）▶拗音

特殊拍（N,Q,R,(J)）▶N鼻音「ン」、Q促音「ッ」、R長音「—」、（J二重母音後第二要素的「イ」）

外來語音▶轉寫以上拍無法表記的外來語音

表 ❶ 日語拍的種類

半濁音	濁音				清音										
パ	バ	ダ	ザ	ガ	ワ	ラ	ヤ	マ		ハ	ナ	タ	サ	カ	ア
ピ	ビ	ヂ	ジ	ギ		リ		ミ	ヒ	ニ	チ	シ	キ	イ	直音
プ	ブ	ヅ	ズ	グ		ル	ユ	ム	フ	ヌ	ツ	ス	ク	ウ	
ペ	ベ	デ	ゼ	ゲ		レ		メ	ヘ	ネ	テ	セ	ケ	エ	
ポ	ボ	ド	ゾ	ゴ	ヲ	ロ	ヨ	モ	ホ	ノ	ト	ソ	コ	オ	
ピャ	ビャ	ヂャ	ジャ	ギャ		リャ		ミャ	ヒャ	ニャ	チャ	シャ	キャ		拗音
ピュ	ビュ	ヂュ	ジュ	ギュ		リュ		ミュ	ヒュ	ニュ	チュ	シュ	キュ		
ピョ	ビョ	ヂョ	ジョ	ギョ		リョ		ミョ	ヒョ	ニョ	チョ	ショ	キョ		

特殊拍:長音(一)、促音(ッ)、鼻音(ン)	準特殊拍:二重母音後第二要素的イ
外來語音	

6、 音節與拍

直音拍與拗音拍單獨成為1個音節,特殊拍(鼻音、促音、長音)則需附著於前拍構成1個音節。舉例如表 ❷:

表 ❷ 音節與拍的算法

	くすり	こんばんは	よかった	ちょうろう
拍	く・す・り (3)	こ・ん・ば・ん・は (5)	よ・か・っ・た (4)	ちょ・う・ろ・う (4)
音節	く・す・り (3)	こん・ばん・は (3)	よ・かっ・た (3)	ちょう・ろう (2)

7、 二重母音後第二要素的イ在聽覺上也與前拍構成一個音

節，因此也有學者將其視爲特殊拍。本書把它視爲準特殊拍。

8、 音節與拍的對比如表 ❸：

表 ❸ 現代日語音節構造的種類　🎧 請聽錄音 1-1

音節量	モーラ數	音節構造	語　　　　例（下線者爲1音節）
短音節	1 モーラ	V、CV	/'e/（絵^え）、/ki/（木^き）
		CSV	/sja/（謝^{しゃ}）、/kjo/（去年^{きょねん}）
長音節	2 モーラ	CVR	/toR/（当然^{とうぜん}）、/keR/（掲示^{けいじ}）
		CVN	/ciN/（陳^{ちん}）、/heN/（変化^{へんか}）
		CVQ	/haQ/（発見^{はっけん}）、/moQ/（もっと）
		CVJ	/kaJ/（会館^{かいかん}）、/kuJ/（杭^{くい}）
		CSVR	/kjuR/（キューリ）、/zjoR/（上手^{じょうず}）
		CSVN	/sjuN/（瞬間^{しゅんかん}）、/zjaN/（ジャンプ）
		CSVQ	/cjoQ/（ちょっと）、/kjaQ/（キャッチ）
		CSVJ	/sjaJ/（いらっしゃい）、/zjaJ/（ジャイアンツ）
超長音節	3モーラ	CVJN	/'waJN/（ワイン）、/raJN/（ライン）
		CVJQ	/daJQ/（現代^{げんだい}っ子^こ）
		CVRN	/roRN/（ローン）、/taRN/（タウン）
		CVNQ	/doNQ/（ロンドンっ子^こ）
		CSVJN	/zjoJN/（ジョイント）
		CSVRN	/cjeRN/（チェーン）

俳句（五七五、七五調）

松尾芭蕉

梅が香に	うめ	が	か	に		
のっと日の出る	の	っ	と	ひ	の	でる
山路かな	や	ま	じ	か	な	

飯田蛇笏

黒金の	く	ろ	が	ね	の	
秋の風鈴	あ	き	の	ふ	う	りん
鳴りにけり	な	り	に	け	り	

村上鬼城

残雪や	ざ	ん	せ	つ	や	
ごうごうと吹く	ご	う	ご	う	と	ふく

練習2 🎧 請聽錄音 1-3

填入適當答案

「どうぞよろしくお願<rt>ねが</rt>いします」　　　共有（　　　　）拍。

「すみません。東京駅<rt>とうきょうえき</rt>はどちらですか。」

　　　　　　　　　　　　　　　　　　　共有（　　　　）拍。

「ヨーロッパから来<rt>き</rt>た留学生<rt>りゅうがくせい</rt>です。」　共有（　　　　）拍。

平仮名<rt>ひらがな</rt>　　　　　　　　　　（　　　　）音節（　　　　）拍

検定試験<rt>けんていしけん</rt>　　　　　　　（　　　　）音節（　　　　）拍

日本語<rt>にほんご</rt>教育能力<rt>きょういくのうりょく</rt>　　（　　　　）音節（　　　　）拍

三号車<rt>さんごうしゃ</rt>にお乗<rt>の</rt>りの方<rt>かた</rt>　　（　　　　）音節（　　　　）拍

インターネット　　　　　　　（　　　　）音節（　　　　）拍

母音（ア行）

要點整理

1、 呼氣通過聲道不受阻礙或關閉的就是母音，呼氣通過聲道受到阻礙或關閉的就是子音。

2、 發音時伴隨著聲帶振動的音為「有聲音」；聲帶不振動只有氣息的音為「無聲音」。母音是聲帶振動的有聲音。參照表 ❹：

表 ❹ 有聲音與無聲音

聲帶振動（有聲音）	母音
	濁子音：濁音、半母音、鼻音
聲帶不振動（無聲音）	清子音

3、 日語只有[a,i,ɯ,e,o]五個基本母音，華語則有ㄚ[a]、ㄛ[o]、ㄜ[ə,ɣ]、ㄧ[i]、ㄨ[u]、ㄩ[y]、ㄦ[ɚ]、[ɨ]等數種。雖然細處不盡相同，但華語的母音都能涵蓋日語的母音，對

華人而言是利多。

4、 決定母音的三個要素：舌位的高低（開口度的大小）、舌
位的前後、平唇或圓唇。按舌位的高低可分為高母音、中
母音和低母音。按舌位的前後可分為前舌母音、中舌母音
和後舌母音。參照圖❶，日語母音發音的要點如下：

ア[a]　　低母音・中舌偏後母音・平唇母音
イ[i]　　高母音・前舌母音・平唇母音
ウ[ɯ]　　高母音・後舌母音・平唇母音（注：關西方言是圓唇）
エ[e]　　中母音・前舌母音・平唇母音
オ[o]　　中母音・後舌母音・（弱）圓唇母音

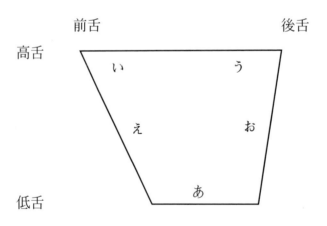

圖❶　日語的母音空間圖

練習

🎧 請聽錄音 2

母音（ア行）

ア[a]　アー[a:]　　　イ[i]　イー[i:]　　　　ウ[ɯ]　ウー[ɯ:]

エ[e]　エー[e:]　　　オ[o]　オー[o:]

あえお　　　いうえ　　　うあお　　　えおう　　　あいうえお

アイ（愛）　　アイス（ice）　　アウ（会う）　　アオ（青）

イウ（言う）　　イエ（家）　　イシ（石）　　イコール（equal）

ウエ（上）　　ウエスト（waist）　　ウオ（魚）　　ウマ（馬）

エア（air）　　エラー（error）　　エンピツ（鉛筆）

オイ（甥）　　オウ（追う）　　オニ（鬼）

オムライス（omelet rice）

9

「こんにちは。お久しぶりです。」

（您好！好久不見。）

「お久しぶりです。」

（好久不見。）

「お出かけですか。」

（您要出門嗎？）

「はい、ちょっとそこまで…。」

（對。出去一下。）

清音（カ行、サ行、タ行）

要點整理

1、 母音以外的單音稱為子音（含半母音）。子音是指在聲道內受到阻礙或關閉所發出來的音。

2、 決定子音的三個要素：聲帶是否震動（有聲／濁子音、無聲／清子音）、調音點（兩唇音、齒莖音、齒莖硬口蓋音、硬口蓋音、軟口蓋音、口蓋垂音、聲門音）、調音法（鼻音、閉鎖音／破裂音、摩擦音、破擦音、彈音）。各調音點參照圖 ❷：

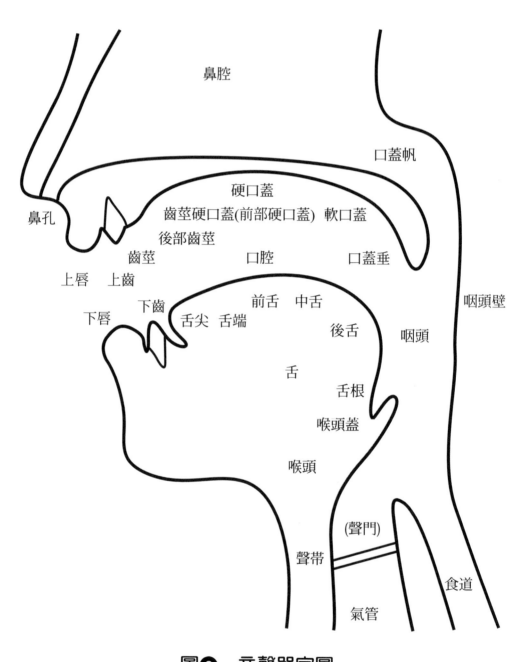

鼻腔

口蓋帆

硬口蓋

齒莖硬口蓋(前部硬口蓋)　軟口蓋

鼻孔

後部齒莖

齒莖　　　　口腔　　　　口蓋垂

上唇　上齒

咽頭壁

下齒　　前舌　中舌

下唇　　　　舌尖　舌端　　後舌

咽頭

舌

舌根

喉頭蓋

喉頭

(聲門)

聲帶

食道

氣管

圖❷　音聲器官圖

3、 カ行、サ行、タ行子音的記號整理如表 ❺ ：

表❺ カ行、サ行、タ行的子音

		齒莖音	齒莖硬口蓋音	軟口蓋音
閉鎖音	有聲音			
	無聲音	タテト [t]		カ行[k]
摩擦音	有聲音			
	無聲音	サスセソ [s]	シ [ʃ] （[ç]）	
破擦音	有聲音			
	無聲音	ツ [ts]	チ [tʃ] （[tɕ]）	

4、 呼氣在聲道的某處受到阻礙的子音稱爲閉鎖音，例如カ行子音以及タ行的タテト。

5、 呼氣在聲道的某處受到壓縮的子音稱爲摩擦音，例如サ行子音。

6、 閉鎖和摩擦幾乎同時，而且幾乎在同一調音點發出的子音稱爲破擦音，例如タ行的チツ。

7、 要注意的是，在華語裡具有區別意義的有氣音和無氣音（例如倒[tao]和討[tʰao]），在日語裡都是清子音，沒有區別意義的功能（日語是清濁對立）。參照第10講。

練習 1 🎧 請聽錄音 3-1

カ行

カ[ka]　カー[ka:]　　キ[ki]　キー[ki:]　　ク[kɯ]　クー[kɯ:]

ケ[ke]　ケー[ke:]　　コ[ko]　コー[ko:]

かけこ　きくか　くかこ　けこき　こきか　かきくけこ

アカイ（赤い）　　イカ（烏賊）　　オカ（丘）

カイ（貝）　　カウ（買う）　　カオ（顔）

カレンダー（calendar）　　エキ（駅）　　カキ（柿）

キオク（記憶）　キムチ（kim chi）　イク（行く）

カク（書く）　　クウ（食う）　　クレヨン（crayon）

イケ（池）　　ケア（care）　　カコ（過去）

コア(core)　　コエ（声）

練習 2 🎧 請聽錄音 3-2

サ行

サ[sa]　サー[sa:]　　ス[suɯ]　スー[suɯ:]　　セ[se]　セー[se:]

ソ[so]　ソー[so:]　　シ[ʃi]　シー[ʃi:]

さそし　しすそ　すさせ　せしそ　さしすせそ

アサ（朝）　　エサ（餌）　　サイン（sign）　　サオ（竿）

サカ（坂）　　サケ（酒）　　ウシ（牛）　　シカ（鹿）

シソ（紫蘇）　　アイス（ice）　　イス（椅子）

ストロー（straw）　　スイカ（西瓜）　　スシ（寿司）

セキ（席）　　センス（sense）　　オソイ（遅い）

ソウ（沿う）　　ソース（sauce）　　ソコ（底）

15

タ行

タ [ta]　ター[ta:]　　テ [te]　テー[te:]　ト [to]　トー[to:]

チ [tʃi]　チー[tʃi:]　　ツ [tsɯ]　ツー[tsɯ:]

たつて　ちとた　つとた　てちと　たちつてと

ウタ（歌）　カタ（肩）　ケタ（桁）　シタ（舌）

タイプ（type）　クチ（口）　サチコ（幸子）

チーム（team）　チエ（知恵）　アイサツ（挨拶）

ツイン（twin）　ツエ（杖）　アイテ（相手）

タテイト（縦糸）　テアシ（手足）　テーマ（Thema）

テツ（鉄）　コト（琴）　トシ（年）　トマト（tomato）

「シ」和「チ」

イシ（石）⇔イチ（一）

カシ（菓子）⇔カチ（価値）

コウシ（講師）⇔コウチ（耕地）

カンシ（監視）⇔カンチ（換地）

シカン（史観）⇔チカン（痴漢）

シジ（指示）⇔チジ（知事）

會話

「お先に失礼します。」

（我要先走囉！）

「お疲れ様でした。」

（辛苦了。）

清音
（ナ行、ハ行、マ行、ラ行）

要點整理

1、 ナ行、ハ行、マ行、ラ行子音的記號整理如表 ❻：

表 ❻ ナ行、ハ行、マ行、ラ行的子音

		雙唇音	齒莖音	齒莖硬口蓋音	硬口蓋音	聲門音
摩擦音	無聲音	フ[ɸ]			ヒ[ç]	ハヘホ[h]
鼻音	有聲音	マ行[m]	ナヌネノ[n]	ニ[ɲ]		
彈音	有聲音		ラ行[ɾ]			

2、 呼氣通過鼻腔的子音稱爲鼻音，例如ナ行子音。

3、 ハ行子音是摩擦音，要注意調音點的不同。

4、 舌在齒莖輕彈一次的子音稱爲彈音，ラ行子音即是。

練習 1 🎧 請聽錄音 4-1

ナ行

ナ[na]　ナー[na:]　　ヌ[nɯ]　ヌー[nɯ:]　ネ[ne]　ネー[ne:]

ノ[no]　ノー[no:]　　ニ[ɲi]　ニー[ɲi:]

なのね　　にぬの　　ぬねな　　ねのに　　なにぬねの

サカナ（魚）　スナ（砂）　ナイフ（knife）　ナツ（夏）

アニ（兄）　ニックネーム（nickname）　イヌ（犬）

ヌード（nude）　　ヌク（抜く）　ヌノ（布）　アネ（姉）

カネ（金）　　ネコ（猫）　　ネックレス（necklace）

キノコ（茸）　　ノート（note）　　ノコ（鋸）

20

練習 2 🎧 請聽錄音 4-2

ハ行

ハ[ha]　ハー[ha:]　ヘ[he]　ヘー[he:]　　ホ[ho]　ホー[ho:]

ヒ[çi]　ヒー[çi:]　フ[ɸɯ]　フー[ɸɯ:]

はへほ　　ひはふ　　ふほは　　へひほ　　はひふへほ

シハイ（支配）　　ハコ（箱）　　ハシ（橋）

ハンカチ（handkerchief）　　アサヒ（朝日）

ヒク（引く）　　ヒット（hit）　　サイフ（財布）

ヒフ（皮膚）　　フネ（船）　　フトイ（太い）

フルーツ（fruits）　　ヘアスタイル（hairstyle）

ヘソ（臍）　　タイホ（逮捕）　　ホカ（他）

ホソイ（細い）　　ホットケーキ（hot cake）

マ行

マ[ma]　マー[ma:]　ミ[mi]　ミー[mi:]　ム[mɯ]　ムー[mɯ:]

メ[me]　メー[me:]　モ[mo]　モー[mo:]

まめみ　　みむも　　むまみ　　めまむ　　まみむめも

アタマ（頭）　　　タマ（玉）　　　ナマ（生）

マナー（manner）　　マメ（豆）　　　アミ（網）

ツミキ（積み木）　　ミセ（店）　　　ミント（mint）

ネムイ（眠い）　　ムード（mood）　　ムカシ（昔）

ムスメ（娘）　　カモメ（鴎）　　メール（mail）

メス（雌）　　メマイ（眩暈）　　キモチ（気持ち）

モチ（餅）　　モデル（model）　　モノ（物）

練習 4 🎧 請聽錄音 4-4

ラ行

ラ[ɾa]　ラー[ɾa:]　　リ[ɾi]　リー[ɾi:]　ル[ɾɯ]　ルー[ɾɯ:]

レ[ɾe]　レー[ɾe:]　　ロ[ɾo]　ロー[ɾo:]

らりる　　りれろ　　るろら　　れりろ　　らりるれろ

カラオケ（空orchestra）　　サクラ（桜）　　トラ（虎）

ライト（light）　　ラクライ（落雷）　　ラチ（拉致）

ケムリ（煙）　　トリ（鳥）　　リクツ（理屈）

リシ（利子）　　リスト（list）　　オキル（起きる）

サル（猿）　　マルイ（丸い）　　ルール（rule）

ルス（留守）　　レース（race）　　レキシ（歴史）

オフロ（お風呂）　　キイロ（黄色）

ロイヤル（royal）　　ロク（六）　　ロコツ（露骨）

23

「台湾に来て、どのくらいになりますか。」

（請問您來台灣多久了？）

「もう一年になります。」

（就要一年了。）

清音（ヤ行、ワ行）

要點整理

1、 ヤ行、ワ行子音的記號整理如表 ❼：

表 ❼ ヤ行、ワ行的子音

		硬口蓋音	兩唇軟口蓋音
半母音	有聲音	ヤ行[j]	ワ行[w]([ɥ])

2、 ヤ行ワ行的子音[j][w]，呼氣受到阻礙的程度不如其他子音高，也不像母音那般完全不受阻礙，故名半母音或接近音。

🎧 請聽錄音 5-1

ヤ行

ヤ[ja]　ヤー[ja:]　　ユ[jɯ]　ユー[jɯ:]　　ヨ[jo]　ヨー[jo:]

やよゆ　　　ゆよや　　　やゆよ

カヤク（火薬）　　ナヤミ（悩み）　　　ヤオヤ（八百屋）

ヤサイ（野菜）　　ヤミョ（闇夜）　　ヤンキー（Yankee）

アユミ（歩み）　　セキユ（石油）　　ヒユ（比喩）

フユ（冬）　　　ユキ（雪）　　　ユニーク（unique）

ユメ（夢）　　コヨミ（暦）　　マヨウ（迷う）

ヨーグルト（yogurt）　　　ヨコ（横）

ヨシアシ（良し悪し）

ワ行

ワ[wa]　ワー[wa:]

アワレ（哀れ_{あわ}）　　オイワイ（お祝い_{いわ}）

カワイイ（可愛い_{かわい}）　　シワ（皺_{しわ}）

ニワトリ（鶏_{にわとり}）　　ワイン（wine）

ワカイ（若い_{わか}）　　ワクチン（vaccine）

ワシツ（和室_{わ しつ}）

「ご家族は？」

（您府上有哪些人？）

「五人家族です。父と母と、兄弟は 弟 と 妹 が
それぞれ一人ずついます。」

（五個人。爸爸、媽媽，還有弟弟妹妹各一人。）

母音無聲化

要點整理

1、 所謂「母音無聲化」，是指本來為有聲音的母音，因為語音環境的影響，變成無聲音的現象。但要注意其口形仍在，只是響音度變小而已。

🎧 請聽錄音 6-1

ガ<u>ク</u>セイ（学生 がくせい）　　ガクモン（学問 がくもん）

<u>ツ</u>キ（月 つき）　　ツギ（次 つぎ）

<u>ス</u>キ（好き す）　　スギ（過ぎ す）

2、 母音無聲化現象呈現方言差異，東京以外的區域，有的有，有的沒有。另外，重音型或說話速度等也會影響母音無聲化現象。

3、 母音無聲化主要發生在以下二種情形下：

ア）夾在無聲子音（カ行、サ行、タ行、ハ行、パ行子音）之間的[i] [ɯ]母音容易無聲化。其他三母音則不容易無聲化。

🎧 請聽錄音 6-2

アキカゼ（秋風）〔akikaze〕　　　キク（菊）〔kikɯ〕

クスリ（薬）〔kɯsɯri〕　　クセ（癖）〔kɯse〕

ピカリ（ぴかり）〔pikari〕

イ）位於無聲子音後，詞尾或句尾的母音容易無聲化。但含有[i] [u]母音拍有重音核時則例外。

🎧 請聽錄音 6-3

アリマス（あります）　　カキ（牡蠣）　　カツ（勝つ）

アリガトウゴザイマス（ありがとうございます）

ドウゾヨロシクオネガイシマス（どうぞ、宜しくお願いします）

ガクセイガタクサンイマス（学生がたくさんいます）

30

練習

🎧 請聽錄音 6-4

母音無聲化

キセツ（季節）　　キタナイ（汚い）　　クチ（口）

ダイガクセイ（大学生）　　シカ（鹿）

シカシ（しかし）　　スコシ（少し）　　ススム（進む）

ダス（出す）　　チカラ（力）　　タチキ（立ち木）

ツクエ（机）　　ヒトツ（一つ）　　ヒカリ（光）

ヒクイ（低い）　　フク（服）　　フカイ（深い）

會話

「お手洗いはどこですか。」

（請問洗手間在哪兒？）

「まっすぐ行って、突き当たりにあります。」

（往前直走，盡頭就是了。）

濁音（ガ行與ガ行鼻濁音）

要點整理

1、「カ」行子音[k]與「ガ」行子音[g]的調音點（軟口蓋音）、調音法（閉鎖音／破裂音）相同，但「カ」行子音是無聲／清子音，「ガ」行子音則是有聲／濁子音。

2、 所謂「ガ行鼻濁音」，是指頭子音伴隨鼻腔共鳴的有聲音（主要是[ŋ]音）的拍。東京語裡，語頭以外的ガ行音以及助詞「が」即是。例如「だいがく（大学）」的「が」、「せいぎ（正義）」的「ぎ」、「かぐ（家具）」的「ぐ」等等。發音接近閩南語的「雅」「挾（筴）」，客語的「蟻」「鵝」「牛」等音。

3、 ガ行與ガ行鼻濁音子音的記號整理如表 ❽：

表 ⑧ ガ行與ガ行鼻濁音的子音

		軟口蓋音
閉鎖音	有聲音	ガ行[g]
鼻音	有聲音	ガ行鼻濁音[ŋ]

4、 除了與「聲音」有關的職業，「ガ行鼻濁音」雖然也算是日語子音的一種，但是目前為止，使用「ガ行鼻濁音」的地方和人口已經明顯地減少。

5、 站在日語學習者的立場，可以不發「ガ行鼻濁音」，但是由於仍有地方、職業、年齡層的日語母語者使用「ガ行鼻濁音」，所以要能聽辯出來。

6、 ガ行鼻濁音的使用範圍有以下三點：

ァ）單字裡出現在第二拍以後的ガ行假名

🎧 請聽錄音 7-1

ガイコク（外国）⇔コクガイ（国外）

グウゼン（偶然）⇔キグウ（奇遇）

イ）當作「格助詞」、「接續助詞」的「ガ」

🎧 請聽錄音 7-1

誰が森田さんですか。（だれ、もりたさん）

昨日は雪でしたが、今日は雨です。

（きのう、ゆき、きょう、あめ）

ウ）複合語裡，「連濁」後部要素的ガ行假名

所謂「連濁」就是二個詞語結合成一個詞語時，後項詞語
的語頭由清音變成濁音的一種音韻變化。

🎧 請聽錄音 7-1

汽車⇒ヨ・ギシャ（夜汽車）

薬 ⇒カゼ・グスリ（風邪薬）

景色⇒ユキ・ゲシキ（雪景色）

氷 ⇒カキ・ゴオリ（カキ氷）

但是，前項和後項要素的緊密性不強時則例外。

🎧 請聽錄音 7-1

オンガク・ガッコウ（音楽学校）

ニホン・ギンコウ（日本銀行）

7、 不讀「鼻濁音」的情況有以下五種：

ア）語頭的ガ行假名

🎧 請聽錄音 7-2

ガクダン（楽団_{がくだん}）　　グアイ（具合_{ぐあい}）　　ガケ（崖_{がけ}）

イ）語中、語尾的數量詞「五_ご」

🎧 請聽錄音 7-2

ゴジュウゴ（五十五_{ごじゅうご}）

サンビャクゴジュウニン（三百五十人_{さんびゃくごじゅうにん}）

但是專有名詞時視爲一個單詞。例如：

🎧 請聽錄音 7-2

ジュウゴヤ（十五夜_{じゅうごや}）　シチゴサン（七五三_{しちごさん}）

シチゴチョウ（七五調_{しちごちょう}）

ウ）「擬声語」、「擬態語」的ガ行假名

🎧 請聽錄音 7-2

がやがや　　ぎらぎら　　ぐるぐる　　げらげら

ごろごろ

エ）「外来語」的ガ行假名

🎧 請聽錄音 7-2

マドガラス（窓glass）　　キログラム(kilogram)

スパゲッティ(spaghetti)

但是，撥音「ン」之後的ガ行假名，或是已經「日本化」的語彙則習慣性的發「鼻濁音」。

🎧 請聽錄音 7-2

ジャングル(jungle)　　キング(king)

イギリス(England)

オ）接續在「接頭辭」，如「お」「ご」之後的ガ行假名

🎧 請聽錄音 7-2

オギリ（お義理）　　オギョウギ（お行儀）

オゲンキ（お元気）

8、學習者容易犯的錯誤（可以不發鼻濁音，但要能聽辯）

🎧 請聽錄音 7-3

委員会<ruby>が<rt>い いんかい</rt></ruby> → 委員会な

委員会<ruby>が<rt>い いんかい</rt></ruby>

カイギ（<ruby>会議<rt>かい ぎ</rt></ruby>）→ ✕カイイ

ヒゲキ（<ruby>悲劇<rt>ひ げき</rt></ruby>）→ ✕ヒエキ

カゴシマケン（<ruby>鹿児島県<rt>か ご しまけん</rt></ruby>）→ ✕カオシマケン

ニンギョウ（<ruby>人形<rt>にんぎょう</rt></ruby>）→ ✕にんよう

ヒョウゴケン（<ruby>兵庫県<rt>ひょう ご けん</rt></ruby>）→ ✕ヒョウモケン

ガ行

ガ[ga]　ガー[ga:]　　ギ[gi]　ギー[gi:]　　グ[gɯ]　グー[gɯ:]

ゲ[ge]　ゲー[ge:]　　ゴ[go]　ゴー[go:]

がげぎ　ぎげが　ぐごが　げがぐ　ごぎげ　がぎぐげご

ガ̅イド（guide）　　ガ̅イヤ（外野_{がいや}）　　ガカ（画家_{がか}）

ガ̅クレキ（学歴_{がくれき}）　　ギ̅カイ（議会_{ぎかい}）　　ギシ（技師_{ぎし}）

ギ̅ター（guitar）　　ギム（義務_{ぎむ}）　　グ̅アイ（具合_{ぐあい}）

グ̅タイテキ（具体的_{ぐたいてき}）　　グ̅ラフ（graph）　　ゲキ（劇_{げき}）

ゲ̅ツマツ（月末_{げつまつ}）　　ゲ̅カイ（外科医_{げかい}）　　ゲ̅スト（guest）

ゴミ（ごみ）　　ゴ̅フクヤ（呉服屋_{ごふくや}）　　ゴ̅ヤク（誤訳_{ごやく}）

ゴ̅ルフ（golf）

カ行⇔ガ行

カイコク（開国）⇔ガイコク（外国）

カクシュウ（隔週）⇔ガクシュウ（学習）

キオン（気温）⇔ギオン（擬音）

キセイ（寄生）⇔ギセイ（犠牲）

クイ（句意）⇔グイ（愚意）

クモン（苦悶）⇔グモン（愚問）

ケイユ（軽油）⇔ゲイユ（鯨油）

ケタ（桁）⇔ゲタ（下駄）

コウカ（効果）⇔ゴウカ（豪華）

ココク（故国）⇔ゴコク（五穀）

練習 3 🎧 請聽錄音 7-6

ガ行鼻濁音

ガ[ŋa]　ガー[ŋa:]　　ギ[ŋi]　ギー[ŋi:]　　グ[ŋɯ]　グー[ŋɯ:]

ゲ[ŋe]　ゲー[ŋe:]　　ゴ[ŋo]　ゴー[ŋo:]

ガゴグ　ギゲゴ　グゲガ　ゲギガ　ゴガギ　ガギグゲゴ

カガミ（鏡）　　ニガイ（苦い）　　ヒガシ（東）

カイギ（会議）　　ツギ（次）　　ニギル（握る）

イリグチ（入口）　エノグ（絵の具）　　メグスリ（目薬）

ニカゲツ（二ヶ月）　　ヒゲ（髭）　　マゲル（曲げる）

ウゴク（動く）　シゴト（仕事）　　マゴ（孫）

ヨゴレル（汚れる）

「この歌、知っていますか。」

（你知道這首歌嗎？）

「ええ、今週のランキングで上位でしたね。」

（嗯，有進入這禮拜的排行榜前幾名呢！）

濁音（ザ行、ダ行）

要點整理

1、 ザ行ダ行的子音都是濁（有聲）子音。要注意，ザ行的
　　「ジ」和ダ行的「ヂ」，ザ行的「ズ」和ダ行的「ヅ」發
　　音已經混同。

2、 ザ行ダ行子音的記號整理如表 ❾：

表 ❾ ザ行ダ行的子音

		齒莖音	齒莖硬口蓋音
摩擦音	有聲音	ザズ（ヅ）ゼゾ[z]	ジ（ヂ）[ʒ]（ʑ）
破擦音	有聲音	ザズ（ヅ）ゼゾ[ʣ]	ジ（ヂ）[ʤ]（ʥ）
閉鎖音	有聲音	ダデド [d]	

3、 ザ行子音的發音有兩套是因爲語音環境的差異所造成，說明如表 ❿、表 ⓫：

表 ❿ ザ行のザズ（ヅ）ゼゾ				
	語頭	促音後	鼻音後	母音後
ザズ（ヅ）ゼゾ[ʣ]	○	○	○	×
ザズ（ヅ）ゼゾ[z]	×	×	×	○

🎧 請聽錄音 8-1

ザ‾ツダン（雑談 ざつだん）⇔ ケ‾イザイ（経済 けいざい）

ズ‾イブン（随分 ずいぶん）⇔ チ‾ズ（地図 ち ず）

ゼ‾ンイン（全員 ぜんいん）⇔ カ‾ゼ（風 かぜ）

ゾ‾クネン（俗念 ぞくねん）⇔ カイ‾ゾク（海賊 かいぞく）

表 ⓫ ザ行のジ（ヂ）				
	語頭	促音後	鼻音後	母音後
ジヂ[ʤ]（ʣ）	○	○	○	×
ジヂ[ʒ]（z）	×	×	×	○

ジコ（事故）⇔サジ（匙）

ジブン（自分）⇔ムジ（無地）

練習 1 🎧 請聽錄音 8-2

ザズゼゾ

ザ[ʤa]　　ザー[ʤa:]　　ズ[ʤɯ]　ズー[ʤɯ:]　　ゼ[ʤe]

ゼー[ʤe:]　　ゾ[ʤo]　　ゾー[ʤo:]

ざぞぜず　　ずざぜぞ　　ぜざずぞ　　ぞぜざず

オーガナイザー（organizer）　　コンザツ（混雑）

ザセキ（座席）　　サイズ（size）　　ズガ（図画）

ズラス（ずらす）　　ガーゼ（Gaze）　　ゼヒ（是非）

ゼンブ（全部）　　ゾクスル（属する）

ゾクセツ（俗説）　　ヒザ（膝）　　ヒザシ（日差し）

チズ（地図）　　ネズミ（鼠）　　シゼン（自然）

マゼル（混ぜる）　　　カゾエル（数える）　　　ナゾ（謎）

ゾディアック（zodiac）

練習 2　🎧 請聽錄音 8-3

ジ（ヂ）

ジ [ʤi][ʒi]　ジー [ʤiː][ʒiː]

イメージ（image）　　シンジツ（真実）　　ジコク（時刻）

ジサツ（自殺）　　オヤジ（親父）　　テジナ（手品）

ヒツジ（羊）　　モジ（文字）

練習 3　🎧 請聽錄音 8-4

「ジ」和「チ」

ジカク（自覚）⇔チカク（地殻）

ジカン（時間）⇔チカン（置換）

46

ジ̄ジン（自尽）⇔チ̄ジン（知人）

ジ̄ホウ（時報）⇔チ̄ホウ（痴呆）

ム̄ジ（無地）⇔ム̄チ（鞭）

サ̄ンジ（惨事）⇔サ̄ンチ（山地）

タ̄イジ（退治）⇔タ̄イチ（対置）

ハ̄ジ（恥）⇔ハ̄チ（八）

練習 4 🎧 請聽錄音 8-5

ダデド

ダ[da]　ダー[da:]　　デ[de]　デー[de:]　　ド[do]　ドー[do:]

だどで　　　でだど　　　どだで　　　だでど

カ̄ラダ（体）　　　クダモノ（果物）

ダイヤモ̄ンド（diamond）　　　ダマ̄ス（騙す）

オデ̄コ（お凸）　　フデ̄（筆）　　デ̄キル（出来る）

デモ（demonstration）　　コドモ（子供）　　ドク（毒）

ドラマ（drama）　　マド（窓）

練習 5 🎧 請聽錄音 8-6
「タ」和「ダ」

タイガク（退学）⇔ダイガク（大学）

タッカン（達観）⇔ダッカン（奪還）

タンゲン（単元）⇔ダンゲン（断言）

テキ（敵）⇔デキ（出来）

テル（照る）⇔デル（出る）

テンキ（天気）⇔デンキ（電気）

トウキ（陶器）⇔ドウキ（銅器）

トオリ（通り）⇔ドウリ（道理）

トカイ（都会）⇔ドカイ（土塊）

練習 6 🎧 請聽錄音 8-7

「ダ」「ナ」「ラ」

だから　デラレ￢ナイ（出られない）　トコロド￢コロ（所々）

イ￢ダイ（偉大）⇔イ￢ライ（依頼）

コ￢ウダン（公団）⇔コ￢ウナン（後難）

レ￢ンダク（連濁）⇔レ￢ンラク（連絡）

デ￢キシ（溺死）⇔レ￢キシ（歴史）

デ￢ントウ（伝統）⇔ネ￢ントウ（念頭）

デ￢ンパ（伝播）⇔レ￢ンパ（連覇）

コ￢ドモ（子供）⇔コ￢ロモ（衣）

ド￢ウシン（同心）⇔ロ￢ウシン（老親）

ヒ￢ドイ（酷い）⇔ヒ￢ロイ（広い）

「この割引クーポン券は使えますか。」

（這張折價優惠券可以用嗎？）

「はい、使えますよ。あっ、申し訳ありませんが、有効期限が切れています。」

（是的，可以。啊！不好意思，過期了！）

濁音（バ行）、半濁音（パ行）

要點整理

要點整理

1、 カ行/k/與ガ行/g/、サ行/s/與ザ行/z/、タ行/t/與ダ行/d/的子音在調音點、調音法上都相同，只有聲帶振動與否有所區別。這使我們想到：ハ行/h/與バ行/b/的子音也應該呈現相同情形。然而，/h/與/b/在調音點、調音法和聲帶振動與否都不同。

2、 這是因爲歷史音韻變化的關係。因爲ハ行的子音在奈良時代以前就是/p/，毫無疑問地與バ行的子音/b/對立。/p/後來慢慢變成兩唇摩擦音/ɸ/，室町時代唇音完全退化而變成現在的聲門摩擦音/h/。另一方面，語中的/ɸ/在平安時代左右發生有聲化，開始讀成ワ行音。ハ行子音的音韻變化如表 ⓬：

		—奈良——平安——室町——現代	
ハ行表記		pa⇒φa	⇒ha
ワ行表記		apa⇒aφa⇒awa	

3、 バ行パ行子音的記號整理如表⓭：

表⓭ バ行パ行的子音

		兩唇音
閉鎖音	有聲音	バ行[b]
閉鎖音	無聲音	パ行[p]

練習 1 ⌒ 請聽錄音 9-1

バ行

バ[ba]　バー[ba:]　　ビ[bi]　ビー[bi:]　　ブ[bɯ]　ブー[bɯ:]

ベ[be]　ベー[be:]　　ボ[bo]　ボー[bo:]

ばべびぼぶ　　びぼばべぶ　　ぶばぼびべ　　べびばぼぶ
ばびぶべぼ

コ├バ（言葉）　　タ├バコ（煙草）　　バラ（薔薇）

バ├リカン（Barriquand）　　ビ├ギナー（beginner）

ビ├ネツ（微熱）　　├ヘビ（蛇）　　ユ├ビワ（指輪）

ア├ソブ（遊ぶ）　　ア├ブラ（油）　　ブタ（豚）

├ブラシ（brush）　　カ├ベ（壁）　　├トクベツ（特別）

ベ├ランダ（veranda）　　ツ├ボ（壺）　　ノ├ボル（登る）

├ボコク（母国）　　├ロボット（robot）

練習 2 🎧 請聽錄音 9-2

「マ」行和「バ」行

シ├マイ（仕舞）⇔シ├バイ（芝居）

├シンミ（親身）⇔├シンビ（審美）

├ムタイ（無体）⇔├ブタイ（舞台）

├メンカイ（面会）⇔├ベンカイ（弁解）

ユ゚ウ̲モウ（勇猛<ruby>ゆうもう</ruby>）⇔ ユウボ̲ウ（有望<ruby>ゆうぼう</ruby>）

練習 3 🎧 請聽錄音 9-3

パ行

パ[pa]　パー[pa:]　　ピ[pi]　ピー[pi:]　　プ[pɯ]　プー[pɯ:]

ペ[pe]　ペー[pe:]　　ポ[po]　ポー[po:]

ぱぺぴぽぷ　　　ぴぺぱぽぷ　　　ぷぱぴぺぽ　　　ぺぴぷぽぱ
ぱぴぷぺぽ

シ̲ンパ̲イ（心配<ruby>しんぱい</ruby>）　　パ̲イプ（pipe）　　パ̲ズル（puzzle）

パ̲ラパラ（ぱらぱら）　　　シュッピ̲ン（出品<ruby>しゅっぴん</ruby>）

タ̲イピ̲スト（typist）　　ピア̲ノ（piano）

テ̲ンプラ（天麩羅<ruby>てんぷら</ruby>）　　プ̲ログ̲ラム（program）

プ̲ロペ̲ラ（propeller）　　ペ̲コペコ（ぺこぺこ）

ペダル（pedal）　　ルーペ（Lupe）　　サンポ（散歩^{さんぽ}）

ポカポカ（ぽかぽか）　　ポスト（post）

ポプラ（poplar）

練習 4　🎧 請聽錄音 9-4

「パ」和「バ」

パラパラ⇔バラバラ　　ピクピク⇔ビクビク

プカプカ⇔ブカブカ　　ペラペラ⇔ベラベラ

ポチャポチャ⇔ボチャボチャ

「今日の試合は悔しかったですね。」

（今天的比賽真是嘔！）

「逆転負けですものね。」

（被逆轉了呢！）

閉鎖音有聲無聲的混淆

要點整理

1、 日語裡，カ行〔k〕與ガ行〔g〕、タ行的タテト〔t〕與
ダ行的ダデド〔d〕、パ行〔p〕與バ行〔b〕的子音都
是閉鎖（破裂）音，但呈現無聲／有聲的區別。而華語
裡，ㄍ〔k〕與ㄎ〔kʰ〕、ㄉ〔t〕與ㄊ〔tʰ〕、ㄅ〔p〕與
ㄆ〔pʰ〕的子音也都是閉鎖（破裂）音，但呈現的是無氣
／有氣的區別。整理如表❶：

表❶ 日語和華語的閉鎖音

華語		日語		
無氣音	有氣音	無聲音（清子音）		有聲音（濁子音）
ㄍ[k]	ㄎ[kʰ]	[kʰ]（カ行語頭）	[k]（カ行非語頭）	[g]（ガ行）
ㄉ[t]	ㄊ[tʰ]	[tʰ]（タテト語頭）	[t]（タテト非語頭）	[d]（ダデド）
ㄅ[p]	ㄆ[pʰ]	[pʰ]（パ行語頭）	[p]（パ行非語頭）	[b]（バ行）

2、 カ行、タ行的タテト與パ行的子音在語頭時讀作接近華語有氣音的ㄎ〔kʰ〕、ㄊ〔tʰ〕、ㄆ〔pʰ〕，但在非語頭時，大部分日本人會讀作氣息較弱，接近華語無氣音的ㄍ〔k〕、ㄉ〔t〕、ㄅ〔p〕。於是，華語學習者便把無氣音與有聲（濁）音〔g〕、〔d〕、〔b〕混淆。

3、 事實上，英語也有類似的現象。「skirt」、「steak」、「speak」中的k、t、p都讀作氣息較弱的〔k〕、〔t〕、〔p〕，不是氣息較強的〔kʰ〕、〔tʰ〕、〔pʰ〕，也不是濁子音的〔g〕、〔d〕、〔b〕。

練習 1 🎧 請聽錄音 10-1

〔k〕與〔g〕

ギンカ（銀貨）⇔ギンガ（銀河）

カキ（柿）⇔カギ（鍵）

カク（書く）⇔カグ（家具）

アケル（開ける）⇔アゲル（挙げる）

シンコウ（進行）⇔シンゴウ（信号）

練習 2 🎧 請聽錄音 10-2

〔t〕與〔d〕

イタイ（遺体）⇔イダイ（偉大）

カタイ（堅い）⇔カダイ（課題）

フタン（負担）⇔フダン（不断）

シテン（支店）⇔シデン（市電）

シンテン（進展）⇔シンデン（神殿）

イト（意図）⇔イド（井戸）

カイトウ（回答）⇔カイドウ（街道）

キョウト（京都）⇔キョウド（郷土）

セイト（生徒）⇔セイド（制度）

[p]と[b]

カンパイ（乾杯）⇔カンバイ（観梅）

カンパン（甲板）⇔カンバン（看板）

シンパン（新版）⇔シンバン（新盤）

センパイ（先輩）⇔センバイ（専売）

ブンパイ（分配）⇔ブンバイ（分売）

カンピ（官費）⇔カンビ（完備）

グンピ（軍費）⇔グンビ（軍備）

サンピ（賛否）⇔サンビ（賛美）

シンピ（神秘）⇔シンビ（審美）

キンプン（金粉）⇔キンブン（均分）

サンプ（散布）⇔サンブ（三部）

シンプ（神父）⇔シンブ（深部）

デンプン（澱粉）⇔デンブン（電文）

カンペン（官辺）⇔カンベン（簡便）

キンペン（金ペン）⇔キンベン（勤勉）

カンポウ（艦砲）⇔カンボウ（官房）

グンポウ（軍法）⇔グンボウ（軍帽）

ケンポウ（建保）⇔ケンボウ（健忘）

シンポウ（信奉）⇔シンボウ（深謀）

「足<ruby>つ<rt>あし</rt></ruby>つぼマッサージに行<rt>い</rt>ったことがありますか。」

（你有去過腳底按摩嗎？）

「あります。痛<rt>いた</rt>いですよね、あれは。」

（有。很痛是吧！那玩意。）

第11講

鼻音

1、　日語的鼻音是特殊拍，表記只有一種 ん（ン），但是受到
　　 後面語音的影響，可以觀察到五種語音。整理如表 ❶：

表 ❶ 日語的鼻音

兩唇鼻音[m]	マ行[m]、バ行[b]、パ行子音[p]前之鼻音
齒莖鼻音[n]	タ行[t][tʃ][ts]、ダ行[d][dʒ][dz]、ナヌネノ[n]、ラ行[ɾ]前之鼻音
硬口蓋鼻音[ɲ]	ニ、ニャ行[ɲ]前之鼻音
軟口蓋鼻音[ŋ]	カ行[k]、ガ行[g]、ガ行鼻濁音[ŋ]前之鼻音
口蓋垂鼻音[N]	語末、サザ行ア行ヤ行ワ行前（ア行ヤ行ワ行前時也讀鼻母音[ṽ]）

2、鼻音佔一拍，要注意不要脫落。

練習 1 🎧 請聽錄音 11-1

兩唇鼻音[m]

アンマ（按摩） シンミツ（親密） ニンム（任務）

シンメ（新芽） チンモク（沈黙） ガンバル（頑張る）

サンビカ（賛美歌） ケンブツ（見物） センベツ（餞別）

チンボツ（沈没） キンパツ（金髪） シンピ（神秘）

シンプ（新婦） カンペキ（完璧） マンポ（漫歩）

練習 2 🎧 請聽錄音 11-2

齒莖鼻音〔n〕

ハンタイ（反対） シンダイ（寝台） サンチ（山地）

シンジル（信じる） ハンツキ（半月） カンヅメ（缶詰）

テンテキ（天敵） ゼンデラ（禅寺） エントツ（煙突）

ネンド（粘土） アンナイ（案内） センヌキ（栓抜き）

デンネツ（電熱） 　　シンライ（信頼） 　　ケンリ（権利）

シンルイ（親類） 　　ブンレツ（分裂） 　　センロ（線路）

練習 3 🎧 請聽錄音 11-3

硬口蓋鼻音〔ɲ〕

キンニク（筋肉） 　　コンニャク（蒟蒻）

ナンニン（何人） 　　ハンニャ（般若）

練習 4 🎧 請聽錄音 11-4

軟口蓋鼻音〔ŋ〕

ギンカ（銀貨） 　　ブンガク（文学） 　　シンギ（審議）

テンキ（天気） 　　モンク（文句） 　　ドングリ（団栗）

ハンケツ（判決） 　　カンゲキ（感激） 　　キンコ（金庫）

リンゴ（林檎）

練習 5 🎧 請聽錄音 11-5

口蓋垂鼻音〔N〕

キン（金）　　ニホン（日本）　　ヨネン（余念）

レンアイ（恋愛）　　テンイン（店員）　　テンウン（天運）

キンエン（禁煙）　　ケンオン（検温）

ホンヤ（本屋）　　シンユウ（親友）　　カンヨ（関与）

ケンサ（検査）　　アンシン（安心）　　フンスイ（噴水）

オンセン（温泉）　　サンソ（酸素）

練習 6 🎧 請聽錄音 11-6

非鼻音⇔鼻音

オセン（汚染）⇔オンセン（温泉）

カジ（家事）⇔カンジ（幹事）

ギコウ（技工）⇔ギンコウ（銀行）

ケサ（今朝）⇔ケンサ（検査）

サマ（様）⇔サンマ（秋刀魚）

シチ（七）⇔シンチ（新地）

ハコ（箱）⇔ハンコ（判子）

ロテン（露天）⇔ロンテン（論点）

おんせんが　おせんされて　しまいました。

（温泉が汚染されてしまいました。）

かんじは　かじが　おじょうずです。

（幹事は家事がお上手です。）

ぎこうが　ぎんこうへ　いきました。

（技工が銀行へ行きました。）

けんさは　けさでした。

（検査は今朝でした。）

はんこは　はこの　なかに　あります。

（判子は箱の中にあります。）

「すみません。携帯の使い方がよく分からないんですが。」

（不好意思，這手機的用法我不太懂。）

「はい、お手伝いします。」

（好的，我來幫你。）

第12講

促音

1、 促音是特殊拍，與前拍結爲一個音節。發音訣竅是：以一拍、肌肉緊張地保持住後面無聲子音的口形。

2、 無聲子音即カ行〔k〕、サ行〔s〕〔ʃ〕、タ行〔t〕〔ʧ〕〔ts〕、パ行〔p〕的子音，所以促音的後面一定是カ行、サ行、タ行、パ行等字。但外來語音時例外，例如「ベッド」「ハンドバッグ」。

3、 除非強調，促音不會出現在語頭。

4、 促音有「區別意義」的重要功能。例如：「キテ（着て）」「キッテ（切手）」以及「キテ（来て）」「キッテ（切って）」。

練習 1 🎧 請聽錄音 12-1

[k]音前

イッカン（一巻）_{いっかん}　マッカ（真っ赤）_{ま か}　リッカ（立夏）_{りっか}

ガッキ（楽器）_{がっき}　コッキ（国旗）_{こっき}　ショック（shock）

マックロ（真っ黒）_{ま くろ}　ジッケン（実験）_{じっけん}

トッケン（特権）_{とっけん}　オシッコ（おしっこ）

ガッコウ（学校）_{がっこう}　ジッコウ（実行）_{じっこう}

練習 2 🎧 請聽錄音 12-2

[s][ʃ]音前

イッサツ（一冊）_{いっさつ}　キッサテン（喫茶店）_{きっさてん}

キッスイ（生粋）_{きっすい}　ニッスウ（日数）_{にっすう}

アッセン（斡旋）_{あっせん}　ケッセキ（欠席）_{けっせき}

メッセージ（message）　イッソク（一足）_{イッソク}

チッソク（窒息）　　ケッシン（決心）

ネッシン（熱心）

練習 3 🎧 請聽錄音 12-3

[t]、[ɟ]、[ʨ]音前

ネッタイ（熱帯）　　ブッタイ（物体）

アサッテ（明後日）　　キッテ（切手）　　オット（夫）

キット（きっと）　　イッチ（一致）

イッチャク（一着）　　コッチ（こっち）

ミッツ（三つ）　　ヤッツ（八つ）　　ヨッツ（四つ）

練習 4 🎧 請聽錄音 12-4

[p]音前

イッパイ（一杯）　　シュッパン（出版）

イッピキ（一匹）　　ザッピ（雑費）　　キップ（切符）

ジュップン（十分）　　ゼッペキ（絶壁）

ホッペタ（頬っぺた）　　シッポ（尻尾）

ニッポン（日本）

練習 5 🎧 請聽錄音 12-5

非促音⇔促音

イク（行く）⇔イック（一区）

イケン（意見）⇔イッケン（一軒）

イセキ（遺跡）⇔イッセキ（一隻）

イツウ（胃痛）⇔イッツウ（一通）

イチ(一)⇔イッチ(一致)

カコ(過去)⇔カッコ(括弧)

カサイ(火災)⇔カッサイ(喝采)

カソウ(火葬)⇔カッソウ(滑走)

コトウ(孤島)⇔コットウ(骨董)

サカ(坂)⇔サッカ(作家)

シキ(式)⇔シッキ(湿気)

ジスウ(字数)⇔ジッスウ(実数)

トタン(途端)⇔トッタン(突端)

トテイ(徒弟)⇔トッテイ(突堤)

ニシ(西)⇔ニッシ(日誌)

さかに　さっかが　すんでいます。

(坂に作家が住んでいます。)

ことうに　こっとうが　うまっています。

(孤島に骨董が埋まっています。)

とていが　とっていで　まって　います。

（徒弟が突堤で待っています。）

いせきに　いっせきの　せんかんが　あります。

（遺跡に一隻の戦艦があります。）

長音

要點整理

1、 長（母）音是特殊拍，與前拍結為一個音節。發音規則整
理如表 ⑯：

表 ⑯ 長音的發音規則　🎧 請聽錄音 13-1

	規　則	語　例
1	ア段＋あ	おかあさん（お母さん）、おばあさん（お婆さん）
2	イ段＋い	おじいさん（お爺さん）、おにいさん（お兄さん）
3	ウ段＋う	くうき（空気）、たいふう（台風）
4	エ段＋え	ええ、おねえさん（お姉さん）
	エ段＋い	せんせい（先生）、けいざい（経済）
5	オ段＋う	こうえん（公園）、そうじ（掃除）

2、 以下詞語一般也讀作長音：　🎧 請聽錄音 13-2

こおり（氷）、とおか（十日）、おおかみ（狼）、こお
ろぎ（蟋蟀）、おおきい（大きい）、おおい（多い）。

這些詞語第2拍之「お」由古語「ほ」或「を」變來，片假名書寫時不能以「ー」表記。

3、 小心以下讀法： 🎧 請聽錄音 13-3

メイシイレ（名刺入れ）：メイシ（名刺）＋イレ（入れ）

コウシ（子牛）：コ（子）＋ウシ（牛）

練習 🎧 請聽錄音 13-4

非長音⇔長音

イエ（家）⇔イイエ

イッシュ（一種）⇔イッシュウ（一周）

イッポ（一歩）⇔イッポウ（一方）

オジサン（叔父さん）⇔オジイサン（お爺さん）

カイテ（買い手）⇔カイテイ（改定）

カク（書く）⇔カクウ（架空）

カメ（瓶）⇔カメイ（加盟）

キロ（帰路）⇔キイロ（黄色）

クキ（茎）⇔クウキ（空気）

コイ（鯉）⇔コウイ（校医）

コケ（苔）⇔コケイ（固形）

シキ（式）⇔シキイ（敷居）

ショジョ（処女）⇔ショウジョ（少女）

スジ（筋）⇔スウジ（数字）

セカイ（世界）⇔セイカイ（正解）

ソコ（底）⇔ソウコ（倉庫）

トケイ（時計）⇔トウケイ（統計）

ニサン（二三）⇔ニイサン（兄さん）

ニンギョ（人魚）⇔ニンギョウ（人形）

ヘヤ（部屋）⇔ヘイヤ（平野）

ヨジ（四時）⇔ヨウジ（用事）

おじさんの　おじいさんは　いしゃでした。

（叔父さんのお爺さんは医者でした。）

にんぎょの　にんぎょうを　つくります。

（人魚の人形を作ります。）

ひこうきの　そこに　そうこが　あります。

（飛行機の底に倉庫があります。）

へやの　むこうに　へいやが　あります。

（部屋の向こうに平野があります。）

よじに　ようじが　あります。

（四時に用事があります。）

拗音

要點整理

1、 拗音拍由「イ」段音拼「ヤ」「ユ」「ョ」所構成。

2、 日語基本上都是1個假名1拍，只有拗音是2個假名1拍。

3、 要特別注意ガ行鼻濁音和ジャ行的發音。其中ジャ行的子音因語音環境有所不同，整理如表 ⑰：

表 ⑰

	語頭	促音後	鼻音後	母音後
ジャ[dʒ]（[dʑ]）	○	○	○	×
ジャ[ʒ]（[z]）	×	×	×	○

キャ行　ギャ行

キャ[kʲa]　キャー[kʲa:]　　　キュ[kʲɯ]　キュー[kʲɯ:]

キョ[kʲo]　キョー[kʲo:]

オ<u>キャク</u>（お客）　　キャ<u>クセン</u>（客船）

<u>キャ</u>ベツ（cabbage）　　キュ<u>ウカ</u>（休暇）

<u>キュ</u>ーピッド（Cupid）　　キュ<u>ウキュ</u>ウシャ（救急車）

チ<u>キュウ</u>（地球）　　<u>キョ</u>リ（距離）　　<u>セン</u>キョ（選挙）

<u>デン</u>ワ<u>キョク</u>（電話局）

ギャ[gʲa]　ギャー[gʲa:]　　　ギュ[gʲɯ]　ギュー[gʲɯ:]

ギョ[gʲo]　ギョー[gʲo:]

ギャ<u>ク</u>（逆）　　ギャ<u>クタイ</u>（虐待）　　<u>ギャ</u>ップ（gap）

ギュ<u>ウニク</u>（牛肉）　　<u>ギュ</u>ウバ（牛馬）

<u>ギョ</u>フ（漁夫）　　ギョ<u>セン</u>（漁船）

ギャ[ŋʲa]　ギャー[ŋʲa:]　　　ギュ[ŋʲɯ]　ギュー[ŋʲɯ:]

ギョ[ŋʲo]　ギョー[ŋʲo:]

アンギャ（行脚<ruby>あんぎゃ</ruby>）　　ザンギャク（残虐<ruby>ざんぎゃく</ruby>）

スイギュウ（水牛<ruby>すいぎゅう</ruby>）　　トウギュウ（闘牛<ruby>とうぎゅう</ruby>）

キンギョ（金魚<ruby>きんぎょ</ruby>）　　ニンギョ（人魚<ruby>にんぎょ</ruby>）

練習 2 🎧 請聽錄音 14-2

シャ行　ジャ行

シャ[ɕa]　シャー[ɕa:]　　シュ[ɕɯ]　シュー[ɕɯ:]

ショ[ɕo]　ショー[ɕo:]

シャーペン（sharp pencil）　　シャシン（写真<ruby>しゃしん</ruby>）

デンシャ（電車<ruby>でんしゃ</ruby>）　　アクシュ（握手<ruby>あくしゅ</ruby>）

シュート（shoot）　　シュルイ（種類<ruby>しゅるい</ruby>）

ショップ（shop）　　トショカン（図書館<ruby>としょかん</ruby>）

ヤクショ（役所<ruby>やくしょ</ruby>）

ジャ[ʤa]　ジャー[ʤa:]　　　ジュ[ʤɯ]　ジュー[ʤɯ:]

ジョ[ʤo]　ジョー[ʤo:]

カンジャ（患者）　　　　ジャッジ（judge）

ジャマ（邪魔）　　　ジャンケン（じゃん拳）

ジュウショ（住所）　　ジュニア（junior）

シンジュ（真珠）　　　ジョーク（joke）

ジョシ（女子）　　　シンジョタイ（新所帯）

ベンジョ（便所）　　　クジャク（孔雀）

ドクジャ（毒蛇）　　　ジュジュ（授受）

ソウジュウ（操縦）　　　ケッジョ（欠如）

チョウジョ（長女）

チャ行

チャ[tɕa]　チャー[tɕa:]　　チュ[tɕɯ]　チュー[tɕɯ:]

チョ[tɕo]　チョー[tɕo:]

アカチャン（赤ちゃん）　　オチャ（お茶）

チャイロ（茶色）　　チャンネル（channel）

チュウイ（注意）　　チューター（tutor）

デンチュウ（電柱）　　コウチョウ（校長）

チョイス（choice）　　チョキン（貯金）

メイチョ（名著）

練習 4 請聽錄音 14-4

ヒャ行　ピャ行　ビャ行

ヒャ[ça]　ヒャー[ça:]　　ヒュ[çɯ]　ヒュー[çɯ:]

ヒョ[ço]　ヒョー[ço:]

キュ￢ウヒャク（九百）　　ヒャクエン（百円）

ヒュ￢ウヒュウ（ひゅうひゅう）

ヒューマニ￢ズム（humanism）

トウヒョウ（投票）　　ヒョウゲ￢ン（表現）

ピャ[pʲa]　ピャー[pʲa:]　　ピュ[pʲɯ]　ピュー[pʲɯ:]

ピョ[pʲo]　ピョー[pʲo:]

ハ￢ッピャク（八百）　　コンピュ￢ータ（computer）

ピュ￢ーリタン（Puritan）　　ネンピョウ（年表）

ピョ￢ンピョン（ぴょんぴょん）

84

ビャ[bʲa]　ビャー[bʲa:]　　ビュ[bʲɯ]　ビュー[bʲɯ:]

ビョ[bʲo]　ビョー[bʲo:]

サンビャク（三百<ruby>三百<rt>さんびゃく</rt></ruby>）　　ビャクレン（白蓮<ruby>白蓮<rt>びゃくれん</rt></ruby>）

ビュウビュウ（びゅうびゅう）　　ビューロー（Bureau）

ビョウキ（病気<ruby>病気<rt>びょうき</rt></ruby>）　　ビョウシン（秒針<ruby>秒針<rt>びょうしん</rt></ruby>）

練習 5 🎧 請聽錄音 14-5
ニャ行ミャ行リャ行

ニャ[ɲa]　ニャー[ɲa:]　　ニュ[ɲɯ]　ニュー[ɲɯ:]

ニョ[ɲo]　ニョー[ɲo:]

コンニャク（蒟蒻<ruby>蒟蒻<rt>こんにゃく</rt></ruby>）　　ニャアニャア（にゃあにゃあ）

ハンニャ（般若<ruby>般若<rt>はんにゃ</rt></ruby>）　　キニュウ（記入<ruby>記入<rt>きにゅう</rt></ruby>）

ニュウギュウ（乳牛<ruby>乳牛<rt>にゅうぎゅう</rt></ruby>）

ナンニョ（男女<ruby>男女<rt>なんにょ</rt></ruby>）　　ニョウボウ（女房<ruby>女房<rt>にょうぼう</rt></ruby>）

フニョイ（不如意<ruby>不如意<rt>ふにょい</rt></ruby>）

ミヤ[mʲa]　ミャー[mʲa:]　　ミュ[mʲɯ]　ミュー[mʲɯ:]

ミョ[mʲo]　ミョー[mʲo:]

サンミャク（山脈）　　ミャクアツ（脈圧）

ミュージカル（musical）　　ミュゼ(musee)

シンミョウ（神妙）　　ミョウニチ（明日）

リャ[ɾʲa]　リャー[ɾʲa:]　　リュ[ɾʲɯ]　リュー[ɾʲɯ:]

リョ[ɾʲo]　リョー[ɾʲo]

ショウリャク（省略）　　リャクセツ（略説）

スイリュウ（水流）　　リュウコウ（流行）

リュック（Rucksack）　　ケンリョク（権力）

コウリョ（考慮）　　リョカン（旅館）

拗音⇔非拗音

イシャ（医者）⇔イシヤ（石屋）

キャク（客）⇔キヤク（規約）

キョウ（今日）⇔キョウ（器用）

ジュウ（十）⇔ジユウ（自由）

ショウニン（証人）⇔ショウニン（使用人）

ヒャク（百）⇔ヒヤク（飛躍）

ヒョウ（豹）⇔ヒョウ（費用）

ビョウイン（病院）⇔ビヨウイン（美容院）

リョウ（寮）⇔リヨウ（利用）

いしゃが　いしやと　けっこんしました。
（医者が石屋と結婚しました。）

きゃくが　きちんと　きやくを　まもりました。
（客がきちんと規約を守りました。）

じゅうに　なると、　じゆうに　なります。
（十になると、自由になります。）

しようにんは　しょうにんに　なりました。
（使用人は証人になりました。）

びょういんの　そばに　びようんが　あります。
（病院のそばに美容院があります。）

りょうの　きざいを　ごりよう　ください。
（寮の器材をご利用ください。）

二重母音後的第二要素「イ」

要點整理

1、 日語是「連母音」而華語是「二（三）重母音」，不相同。所謂重母音是指響音度大小不同的母音連續發音，聽覺上把它視爲1個母音來理解，例如[ao]「ㄠ」、[uai]「ㄨㄞ」。連母音是指響音度相同的母音連續發音，以2或3個母音來理解，例如[ao]「あお」、[uai]「うあい」。

2、 日語母音連續時，分爲二拍。但是語流中「母音+い」的組合聽起來很像二重母音。所以發音時後半部分的「い[i]」絕不能變短，要和前面含有[a][ɯ][o]的拍佔相同時間長。

練習

🎧 請聽錄音 15

アイジョウ（愛情）　　ウグイス（鶯）　　オイル（oil）

スイヨウビ（水曜日）　　ハゴイタ（羽子板）

カイガ（絵画）⇔カイガイ（海外）

カイサ（階差）⇔カイサイ（開催）

カサン（加算）⇔カイサン（解散）

カタ（型）⇔カタイ（硬い）

コウカ（効果）⇔コウカイ（後悔）

サカ（坂）⇔サカイ（境）

ザダン（座談）⇔ザイダン（財団）

テンサ（点差）⇔テンサイ（天才）

トウカ（投下）⇔トウカイ（倒壊）

ホウカ（放火）⇔ホウカイ（崩壊）

90

外來語音

要點整理

1、 日語的文字有漢字、假名（片假名、平假名）、羅馬字和
阿拉伯數字。例如：

🎧 請聽錄音

ジーパンデ　ゴキロ　ハシリマシタ。
（Gパンで5キロ走りました。）

而為了符合日語的開音節構造，羅馬字的讀音與英語有些
微差異。整理如表 ⑱：

英語	日語	英語	日語
A	エイ、エー	B	ビー
C	シー	D	ディー
E	イー	F	エフ
G	ジー	H	エイチ、エッチ
I	アイ	J	ジェイ、ジェー
K	ケイ、ケー	L	エル
M	エム	N	エヌ
O	オウ、オー	P	ピー
Q	キュー	R	アール
S	エス	T	ティー
U	ユー	V	ブイ
W	ダブリュー	X	エックス
Y	ワイ	Z	ゼット

2、　日語的語彙有四大種：和語（例如：バアイ（場合ばあい））、
漢語（例如：サンミャク（山脈さんみゃく））、外來語（例如：
ガラス（glass））以及混種語（例如：バステイ（バ
ス停てい））。其中，源自歐美語彙的外來語多以片假名表
記。近年，爲了盡量反映原音之語音事實，產生（擴大）
五十音圖文字無法表記之外來語音（練習2）。這些通
常是台灣日語學習者感到較困難的部分，要多加練習。

練習 1 🎧 請聽錄音 16-2

羅馬字語

JAF (Japan Automobile Federation（ジャフ）)

JR (Japan Railways)

LAN (local area network（ラン）)

NHK（日本放送協會）

WHO (World Health Organization)

X線（X-Ray）

練習 2 🎧 請聽錄音 16-3

唇齒音

ヴァ [va]、ヴィ [vi]、ヴ[vɯ]、ヴェ [ve]、ヴォ [vo]（バ行）

ヴァイオリン（violin）　　ヴィーナス（Venus）

ドライヴ（drive）　　ヴェール（veil）

ヴォリューム（volume）

ファ [fa]、フィ [fi]、フュ [fɯ]、フェ [fe]、フォ [fo]([ɸ-])

ファースト（first）　　ファイト（fight）

ファミリー（family）　　フィート（feet）

フィーリング（feeling）　　フィクション（fiction）

フュエル（fuel）　　フュネラルマーチ（funeral march）

フェース（face）　　フェンシング（fencing）

フェリー（ferry）　　フォーカス（focus）

フォークソング（folk song）

インフォメーション（information）

練習3　🎧請聽錄音 16-4

齒莖音

スィ [sʲi]、ズィ [ʣʲr] [zʲi]

スィオネ（Thyone）　　スィグルダ（Sigulda）

ズィルトトウ（Sylt島<ruby>島<rt>とう</rt></ruby>）

ツァ[tsa]、ツィ[tsʲi]、ツェ[tse]、ツォ[tso]

ツァー（tsar）　　ツァイス（Zeiss）

モーツァルト（Mozart）　　ツィガノーフ（Tsiganov）

ツェツェばえ（Tsetse-fly）　　ツェッペリン（Zeppelin）

ツォイス（Zeuss）

ティ[ti]、トゥ[tɯ]（ツ）、テュ[tʲɯ]（チュー）

ティーチャー（teacher）　パーティー（party）

レモンティー（lemon tea）　　トゥー（two）

トゥッティ（tutti）　　トゥーリスト（tourist）

テューナー（tuner）　　テューブ（tube）

ディ[di]、ドゥ[dɯ]、デュ[dʲɯ]

ディーゼル（diesel）　　ディスカッション（discussion）

メロディー（melody）　　ドゥーチェ（duce）

デュエット（duet）　　プロデューサー（producer）

練習 4 🎧 請聽錄音 16-5

齒莖硬口蓋音

シェ[ɕe]、ジェ[dʑe] [ʑe]、チェ[tɕe]

シェア（share）　　シェーカー（shaker）

シェーバー（shaver）　　オブジェクト（object）

ジェスチャー（gesture）　　ジェット（jet）

チェーン（chain）　　チェック（check）

チェンジ（change）

練習 5 🎧 請聽錄音 16-6

硬口蓋音

イェ [je]、ニェ[ɲe]、ヒェ[çe]

イェイ（yay）　　イェスペルセン（Jespersen）

ニェーボ（Nievo）　　ニェゴシュ（Njegos）

アイヒェンドルフ（Eichendorff）　　ヒェラン（Kielland）

練習 6 🎧 請聽錄音 16-7

軟口蓋音

ウィ[wi]、ウェ[we]、ウォ[wo]

ウィークエンド（weekend）　　ウィット（wit）

ウィルソン（Wilson）　　ウェーター（waiter）

ウェット（wet）　　ソフトウェア（software）

ウォーター（water）　　ウォーミングアップ（warming up）

ウォッチ（watch）

クァ[kwa]、クィ[kwi]、クェ[kwe]、クォ[kwo]（カ行）

クァルテット（quartetto）　　クィア（queer）

シークェンス（sequence）　　クォーター（quarter）

クォーテーション（quotation）　　クォリティー（quality）

グァ[gwa]（ガ）

グァ｜ッシュ（gouache）

拍的增長與縮短

要點整理

1、 日語的拍並非毫無秩序地排列組成節律（リズム），日語話者傾向將每二拍歸結為一個單位。

2、 拍的增長

ア）數字2（ニ→ニー）和5（ゴ→ゴー）

例如：電話號碼

🎧 請聽錄音 17-1

2	7	3	-	0	1	5	2
<u>にー</u>	なな	さん	の	れー	いち	<u>ごー</u>	<u>にー</u>
				（ゼロ）			

又如倒數讀秒：

🎧 請聽錄音 17-1

5	4	3	2	1
<u>ごー</u>	よん	さん	<u>にー</u>	いち

再如偶數列的讀法：

🎧 請聽錄音 17-1

2	4	6	8	10
にー	しー	ろく	はち	じゅー
にー	しー	ろー	はー	とー
にー	しー	ろの	はの	とー

但是，後面有形態素時例外：

🎧 請聽錄音 17-1

【2.5%】にー　てん　ご　パーセント

　　（× にー　てん　ごー　パーセント）

【5.2m】ごー　てん　に　メートル

　　（× ごー　てん　にー　メートル）

100

イ）曜日：火（カ→カー）和土（ド→ドー）

げ つ か す い も く き ん ど に ち

（月曜日）（火曜日）（水曜日）（木曜日）（金曜日）（土曜日）（日曜日）

げつ か— すい もく きん ど— にち

例如：

× 毎週 か ど は、授業があります。

（まいしゅう、じゅぎょう）

🎧 請聽錄音 17-1

○ 毎週 か— ど— は、授業があります。

又如並列時的讀法：

🎧 請聽錄音 17-1

月、水、金 火、木、土 日、月、火 木、金、土

3、 拍的縮短

ア）複合語

🎧 請聽錄音 17-2

A) いけてる・めん⇒イケメン

B) リモート・コントロール⇒リモコン

C) パーソナル・コンピューター⇒パソコン

D) セクシュアル・ハラスメント⇒セクハラ

E) ポケット・モンスター⇒ポケモン

イ）人名

🎧 請聽錄音 17-2

A) きむら・たくや⇒キムタク（木村拓哉）

B) モーニング・むすめ⇒モームス（モーニング娘）

C) はしもと・りゅうたろう⇒はしりゅう（橋本龍太郎）

D) しゅうしょく・かつどう⇒しゅうかつ（就職活動）

E) しょうがっこう・ろくねん⇒しょうろく

（小学校六年）

ウ）數字

今月の 28、29、30 と、出張に行きます。

（こんげつ、しゅっちょう）

🎧 請聽錄音 17-2

　　にじゅうはち　　　にじゅうきゅう　　　さんじゅう

⇒　にじゅはち　　　　にじゅくー　　　　さんじゅー

わたしの電話番号は251-7832です。（でんわばんごう）

携帯の番号は0952-763-992です。（けいたい、ばんごう）

わたしの銀行の口座番号は241-958-0052です。

（ぎんこう、こうざばんごう）

1、3、5、7、9は奇数で、2、4、6、8、10は偶数です。

（きすう、ぐうすう）

私の好きな数字は2、5、9で、嫌いな数字は4、7、8です。

（すきだ、すうじ、きらいだ）

日本語の授業は月、火、水で、英語の授業は木、金、土です。（にほんご、じゅぎょう、えいご）

今月の27、28、30と会議があるんです。

（こんげつ、かいぎ）

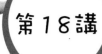

重音的機能與規則

要點整理

1、 重音「アクセント」，是爲了避免單調，將全體的其中某部分明顯化，其顯著的部分就是重音。

2、 單字裡出現音的高低、強弱、長短的型態是謂重音。與英語之「強弱」重音不同，日語和華語一樣都是「高低」重音。但是日語的重音是跨拍的高低分佈，日語單字裡每一拍都被賦予了「高的音調」和「低的音調」。華語則是音節內的高低變化。

3、 「重音」和「等時性」、「句調」都是形成日語「節律」的重要因素，日語說得準不準是根據整個「節律」準不準來判斷的。

4、 重音有兩大機能：

ア）區別單字的意思。例如：

「はしで　ももを　たべる」⇒

【端・箸・橋】で【桃・腿】を食べる

但是，事實上能這樣區別單字意義的例子不多。特別是漢語（字音語、音讀語）裡只靠重音就能區別單字意義的語例很少。例如：

コウキ（後期、高貴、好奇…）

ソウケン（壯健、創建、送檢…）

イ）表示單字的境界線、斷開處。例如：

🎧 請聽錄音 18-1

A それはわたしが　もうしました。（もう、しました）

B それはわたしが　もうしました。（申しました）

A ニワニワニワニワトリガイル。（庭には　鶏が　いる）

B ニワニワニワニワトリガイル。（庭には　二羽鳥が　いる）

C ニワニワニワニワトリガイル。（二羽庭には　鳥が　いる）

5、 重音有四種型：平板型、頭高型、中高型、尾高型。例如以下四個3拍語：

請聽錄音 18-1

わたしは　わさびです。　　あなたは　さしみです。

6、　重音有四個規則：

ア）第一拍和第二拍的高低一定不同。例如：

請聽錄音 18-2

ワタシ　　　ワサビ　　　アナタ

但是，如下例所示，第二拍若出現特殊拍時，語頭的「低高」音調連續即使發成「高高」也並不會不自然。例如：

請聽錄音 18-2

アンゼン→アンゼン（安全<ruby>あんぜん</ruby>）

シンセン→シンセン（新鮮<ruby>しんせん</ruby>）

トウキュウ→トウキュウ（等級<ruby>とうきゅう</ruby>）

キョウリョク→キョウリョク（協力<ruby>きょうりょく</ruby>）

カイセツ→カイセツ（解説<ruby>かいせつ</ruby>）

サイカイ→サイカイ（再開<ruby>さいかい</ruby>）

イ）單字裡，音調一旦下降後便不再昇起。例如：

🎧 請聽錄音 18-2

イ￣ノチ（×イ￣ノ￣チ）　　ムラ￣サキ（×ムラ￣サ￣キ）

ウ）助詞隨前拍的高低而定。例如：

🎧 請聽錄音 18-2

ギン￣コ━ガ　　　ワタ￣クシガ　　　　オト￣コ￣ガ　　　オン￣ナ￣ガ

エ）n 拍語的重音型有 n＋1 種。

例如2拍語的重音型有3種：

🎧 請聽錄音 18-2

ア￣メ　　　ア￣メ￣　　　アメ￣

練習 1 🎧 請聽錄音 18-3

一拍名詞

エ￣ガ（柄が）　　エ￣ガ（絵が）　　キ￣ガ（気が）

キ￣ガ（木が）　　シ￣ガ（詩が）　　シ￣ガ（死が）

￣チガ（血が）　￣チ｜ガ（乳が）　ハ｜ガ（葉が）

ハ｜ガ（歯が）　ヒ｜ガ（日が）　￣ヒ｜ガ（火が）

練習 2 🎧 請聽錄音 18-4

二拍名詞

カ￣キ｜ガ（柿が）　イ￣ス｜ガ（椅子が）　ミ￣ズ｜ガ（水が）

ウ｜ミ｜ガ（海が）　￣カ｜キ｜ガ（牡蠣が）

シャ｜ツ｜ガ（シャツが）　イ￣ヌ｜ガ（犬が）

ハ￣シ｜ガ（橋が）　ヘ￣ヤ｜ガ（部屋が）

練習 3 🎧 請聽錄音 18-5

三拍名詞

ク￣スリ｜ガ（薬が）　サ￣カナ｜ガ（魚が）

セ￣イ｜ジ｜ガ（政治が）　セ｜カイ｜ガ（世界が）

ブ￢ンカガ（文化が）　　ミ￢ドリガ（緑が）

ウチ￢ワガ（団扇が）　　サトウガ（砂糖が）

タマ￢ゴガ（卵が）　　　アタマ￢ガ（頭が）

コト￢バ￢ガ（言葉が）　オト￢コガ（男が）

練習 4 🎧 請聽錄音 18-6

四拍名詞

ガクセイ￢ガ（学生が）　　　コクバン￢ガ（黒板が）

ヨ￢コハマガ（横浜が）　　　カ￢ンコクガ（韓国が）

ケ￢イザイガ（経済が）　　　チュ￢ウゴクガ（中国が）

クツ￢シタガ（靴下が）　　　タ￢テモノガ（建て物が）

ヒコ￢ウキガ（飛行機が）　　タイフウガ（台風が）

ジョ￢ウケンガ（条件が）　　ミ￢ズ￢ウミガ（湖が）

イモウ￢トガ（妹が）　　　　オトウ￢トガ（弟が）

ロクガ￢ツガ（六月が）

五拍以上名詞

キョウイクカガ（教育家が）
<small>きょういくか</small>

ニクタイビガ（肉体美が）
<small>にくたいび</small>

クスリユビガ（薬指が）
<small>くすりゆび</small>

キュウビョウニンガ（急病人が）
<small>きゅうびょうにん</small>

ヒトサシユビガ（人差し指が）
<small>ひと さ ゆび</small>

ガールフレンドガ（girlfriendが）

ガイカジュンビダカガ（外貨準備高が）
<small>がいかじゅんびだか</small>

「すみません。写真撮っていただけますか。」

（不好意思，可以幫我拍個照嗎？）

「いいですよ。このボタンを押せばいいんですね。」

（好啊！按這個鈕就OK是吧！）

複合名詞的重音

要點整理

1、 複合語是由單字和單字組合而成，可以無限地造出新單字。複合名詞的重音型主要決定於後部要素的音長（拍數）以及重音型。

2、 後部是二拍以下的複合語，原則上重音核位於前部要素的最後一拍。例如：

🎧 請聽錄音 19-1

ク̅（区）→ ナカ̅ノク（中野区 なかのく）
　　　　　　　ミエ̅ク（三重区 みえく）

エ̅キ（駅）→ シンジュクエキ̅（新宿駅 しんじゅくえき）
　　　　　　　イケブクロ̅エキ（池袋駅 いけぶくろえき）

ガ̅ク（学）→ シンリ̅ガク（心理学 しんりがく）
　　　　　　　セイジ̅ガク（政治学 せいじがく）

カン（館）→トショ￣カン（図書館）
ハクブツ￣カン（博物館）

前部的最後一拍若是特殊拍，則重音核往前一之自立拍移動。例如：

🎧 請聽錄音 19-1

カイ（会）→コンシン￣カイ（懇親会）
ドウソウ￣カイ（同窓会）

リョ￣ウ（料）→コモン￣リョウ（顧問料）
ツウコ￣ウリョウ（通行料）

3、 後部是二拍以下的複合語也有少數重音核維持在後部及平板型。例如：

🎧 請聽錄音 19-2

ア￣メ（雨）→ニワカア￣メ（俄雨）
コヌカア￣メ（小糠雨）

カ￣シ（菓子）→ワガ￣シ（和菓子）
ナマガ￣シ（生菓子）

ネ￣コ（猫）→ペルシャネ￣コ（ペルシャ猫）
マネキネ￣コ（招き猫）

ゴ（語）→ロシアゴ（ロシア語）

スペインゴ（スペイン語）

4、 後部是二拍以下的複合語，其後部若是頭高型、尾高型的
和語、漢語時，有些會例外地讀成平板型。例如：

🎧 請聽録音 19-3

イロガ（色が）→カラーイロガ（カラー色が）

サクライロガ（桜色が）

ウデガ（腕が）→キキウデガ（利き腕が）

ミギウデガ（右腕が）

トウガ（党が）→ジミントウガ（自民党が）

ミンシュトウガ（民主党が）

ヘヤガ（部屋が）→スモウベヤガ（相撲部屋が）

ネベヤガ（寝部屋が）

5、 後部是三拍、四拍的複合語，後部重音核是頭高型、中高
型時，重音核仍在後部。例如：

🎧 請聽録音 19-4

しょうか→ガッコウショウカ（学校唱歌）

テツドウショウカ（鉄道唱歌）

ちょうさ→アンケートチョウサ（アンケート調査）

ヨビチョウサ（予備調査）

ひこうき→カミヒコウキ（紙飛行機）

ジェットヒコウキ（ジェット飛行機）

びようし→ダンセイビヨウシ（男性美容師）

カンリビヨウシ（管理美容師）

りょうり→オセチリョウリ（お節料理）

カテイリョウリ（家庭料理）

6、 後部是三拍、四拍的複合語，後部重音核是尾高型、平板型時，重音核在後部的第一拍。例如：

請聽錄音 19-5

おとこ→ユキオトコ（雪男）

オオオトコ（大男）

かがみ→ミズカガミ（水鏡）

ハツカガミ（初鏡）

しんぶん→カベシンブン（壁新聞）

スポーツシンブン（スポーツ新聞）

やきゅう→クサヤ￣キュウ（草野球）

プロヤ￣キュウ（プロ野球）

7、 後部是三拍、四拍的複合語，重音核在後部的語末算來第
 二拍時，重音核也會落在後部的第一拍。例如：

🎧 請聽録音 19-6

こうじょう→セイチャコ￣ウジョウ（製茶工場）

ヒカクコ￣ウジョウ（皮革工場）

さと￣う→クロザ￣トウ（黒砂糖）

コオリザ￣トウ（氷砂糖）

8、 後部是五拍的複合語，原則上全部保持後部的重音型。
 例如：

🎧 請聽録音 19-7

オリンピ￣ック→ペキンオリンピ￣ック

ロンドンオリンピ￣ック

ぼ￣うえんきょう→アンナイボウエンキョウ
（案内望遠鏡）

テンタイボウエンキョウ
（天体望遠鏡）

練習

複合名詞的重音

オオサカシ（大阪市）　　コウベシ（神戸市）

アイチケン（愛知県）　　ギフケン（岐阜県）

ジョウシャケン（乗車券）　　オショクジケン（お食事券）

イギリスジン（イギリス人）　　ロシアジン（ロシア人）

カンコクゴ（韓国語）　　ドイツゴ（ドイツ語）

ケイリカ（経理課）　　ショムカ（庶務課）

オンナゴコロ（女心）　　サトゴコロ（里心）

イリタマゴ（煎り卵）　　ナマタマゴ（生卵）

アイコクキョウイク（愛国教育）

ヨウジキョウイク（幼児教育）

キュウシュウダイガク（九州大学）

ナゴヤダイガク（名古屋大学）

アクジョウケン（悪条件）　　ムジョウケン（無条件）

カンショウショクブツ（観賞植物）

コウザンショクブツ（高山植物）

サイコウサイバンショ（最高裁判所）

チホウサイバンショ（地方裁判所）

キタカリフォルニア（北カリフォルニア）

ミナミカリフォルニア（南カリフォルニア）

キソタイオンケイ（基礎体温計）

デンシタイオンケイ（電子体温計）

「チェックインをお願いします。」

（我要辦理入房手續。）

「はい。パスポートを拝見します。」

（好的，我要看一下護照。）

「このスーツケースを預けることができますか。」

（可以寄放一下這個行李箱嗎？）

「はい、お預かり致します。」

（好的，沒問題。）

形容詞的重音

要點整理

1、 形容詞終止形、連体形的重音有以下兩種：

ア）平板型

🎧 請聽錄音 20-1

アカイ（赤い）　　アツイ（厚い）

アマイ（甘い）　　オソイ（遅い）

オモイ（重い）　　カルイ（軽い）

クライ（暗い）　　トオイ（遠い）

マルイ（丸い）　　アカルイ（明るい）

カナシイ（悲しい）　　キイロイ（黄色い）

ツメタイ（冷たい）　　ヤサシイ（優しい・易しい）

イ）重音核在語末算來第二拍

🎧 請聽錄音 20-1

コイ（濃い）　　ナイ（無い）　　ヨイ（良い）

アオイ（青い）　　アツイ（暑い・熱い）

オオイ（多い）　　シロイ（白い）

タカイ（高い）　　ヒクイ（低い）

ニガイ（苦い）　　ヒロイ（広い）

ワカイ（若い）　　コマカイ（細かい）

スズシイ（涼しい）　　スッパイ（酸っぱい）

ヤワラカイ（柔らかい）　　ウラヤマシイ（羨ましい）

ズウズウシイ（図々しい）

2、 「平板型形容詞修飾語＋名詞」時，若不是特別要強調哪一方的話，以「高」的音調發音，若要強調後部時，則讀成【　】的重音。例如：

🎧 請聽錄音 20-2

あかるい（明るい）＋へやが（部屋が）→あかるいへや

122

が【あかるいへやが】いいです。

かなしい（悲しい）＋はなしを（話を）→かなしいはなしを【かなしいはなしを】するな。

つめたい（冷たい）＋ものが（物が）→つめたいものが【つめたいものが】食べたいです。

やさしい（優しい）＋せんせいに（先生に）→やさしいせんせいに【やさしいせんせいに】頼ります。

3、　複合形容詞時，取消前部的重音核，原則上重音核落在後部的語末算來第二拍。

🎧 請聽錄音 20-3

悲しい→ウレシガナシイ（嬉し悲しい）

　　　　モノガナシイ（物悲しい）

臭い→アセクサイ（汗臭い）

　　　　タバコクサイ（たばこ臭い）

暗い→ホノグライ（ほの暗い）
　　　ウスグライ（薄暗い）

苦しい→アッ<u>クルシ</u>イ（暑苦しい）

オ<u>モクルシ</u>イ（重苦しい）

黒い→ア<u>オグロ</u>イ（青黒い）

<u>マックロ</u>イ（真っ黒い）

長い→オ<u>モナガ</u>イ（面長い）

コ<u>コロナガ</u>イ（心長い）

4、 形容詞活用形的重音有以下兩種類型：

ア）終止形沒有重音核（平板型），整理如表 ⑲：

表 ⑲ 終止形沒有重音核形容詞活用形的重音

🎧 請聽録音 20-4

終止形	くない	くて	かった	くなる	いと	いです	い名詞	ければ
（あか）い	（あか）くない	（あか）くて	（あか）かった	（あか）くなる	（あか）いと （あか）いと	（あか）いです	（あか）いもの	（あか）ければ
（あま）い	（あま）くない	（あま）くて	（あま）かった	（あま）くなる	（あま）いと （あま）いと	（あま）いです	（あま）いもの	（あま）ければ
（おいし）い	（おいし）くない	（おいし）くて	（おいし）かった	（おいし）くなる	（おいし）いと （おいし）いと	（おいし）いです	（おいし）いもの	（おいし）ければ
（かなし）い	（かなし）くない	（かなし）くて	（かなし）かった	（かなし）くなる	（かなし）いと （かなし）いと	（かなし）いです	（かなし）いもの	（かなし）ければ

イ）終止形有重音核，整理如表 ⑳：

表 ⑳ 終止形有重音核形容詞活用形的重音

請聽錄音 20-5

終止形	くない	くて	かった	くなる	いと	いです	い名詞	ければ
(いˉ)い	(よ)くない	(よ)くて	(よ)かった	(よ)くなる	(いˉ)いと	(いˉ)いです	(いˉ)いもの	(よ)ければ
(なˉ)い	なˉい	(な)くて	(な)かった	(な)くなる	(な)いと	(な)いです	(な)いもの	(な)ければ
(ひろ)い	(ひろ)くない	(ひろ)くて	(ひろ)かった	(ひろ)くなる	(ひろ)いと	(ひろ)いです	(ひろ)いもの	(ひろ)ければ
	(ひろ)くない	(ひろ)くて	(ひろ)かった	(ひろ)くなる				(ひろ)ければ
(かわい)い	(かわい)くない	(かわい)くて	(かわい)かった	(かわい)くなる	(かわい)いと	(かわい)いです	(かわい)いもの	(かわい)ければ
	(かわい)くない	(かわい)くて	(かわい)かった	(かわい)くなる				(かわい)ければ

練習

寫出並讀出下表內形容詞活用形的重音

終止形	くない	くて	かった	くなる	いと	いです	い名詞	ければ
とおい								
かるい								
まるい								
つめたい								
やさしい								
こい								
あおい								
たかい								
みじかい								
たのしい								

「最近痩せたんじゃない？」

（你最近有瘦了一些吧？）

「女子自転車部に入って、ダイエットに成功したのよ。」

（我加入了女子自行車隊，成功減肥了喔！）

動詞的重音

要點整理

1、 動詞終止形、連体形的重音有以下兩種：

ア）平板型　🎧 請聽錄音 21-1　　（由上而下，由左而右）

二拍語	三拍語	四拍語
イク（行く）	ウタウ（歌う）	ハタラク（働く）
イウ（言う）	アラウ（洗う）	ナラベル（並べる）
カウ（買う）	トマル（止まる）	ハジマル（始まる）
ネル（寝る）	キエル（消える）	ワスレル（忘れる）
スル（する）	ワレル（割れる）	オシエル（教える）

イ）重音核在語末算來第二拍

🎧 請聽錄音 21-1 　（由上而下，由左而右）

二拍語	三拍語	四拍語
ミ￣ル（見る）	ハ￣ナ￣ス（話す）	ヨ￣ロ￣コ￣ブ（喜ぶ）
ア￣ウ（会う）	マ￣モ￣ル（守る）	ミ￣ダ￣レ￣ル（乱れる）
ヨ￣ム（読む）	ア￣ル￣ク（歩く）	ツ￣カ￣レ￣ル（疲れる）
カ￣ク（書く）	オ￣ヨ￣グ（泳ぐ）	ソ￣ダ￣テ￣ル（育てる）
ク￣ル（来る）	ナ￣ゲ￣ル（投げる）	ア￣ツ￣マ￣ル（集まる）

此外，以「つ」拍結尾的動詞重音核都在語末算來第二拍。例如：

🎧 請聽錄音 21-1

ウ￣ッ（打つ、撃つ、討つ）　　モ￣ッ（持つ）

マ￣ッ（待つ）　　タ￣ッ（立つ、経つ）

カ￣ッ（勝つ）　　タ￣モ￣ッ（保つ）

ソ￣ダ￣ッ（育つ）　　ワ￣カ￣ッ（分かつ）

128

2、 重音核本應該置於語末第二拍，但由於該拍是特殊拍（或是母音拍，相當於特殊拍），核往前一拍移動的結果，導致重音核落在語末算來第三拍。

🎧 請聽錄音 21-2

トオス（通す）　トオル（通る）　ハイル（入る）

モウス（申す）　カエル（帰る）　マイル（参る）

3、 沒有重音核的動詞修飾名詞形成名詞句，或是與動詞結合時，其名詞或動詞以「高」的音調結合。例如：

🎧 請聽錄音 21-3

あこがれる（憧れる）＋りゆうは（理由は）
→あこがれるりゆうは何ですか。

すわっている（座っている）＋ひとは（人は）
→すわっているひとは妻です。

つないで（繋いで）＋むすんで（結んで）
→つないでむすんで離さないでね。

とまっている（止まっている）＋くるまに（車に）
→とまっているくるまにぶつかりました。

ぬれた（濡れた）＋ふくを（服を）
→ぬれたふくを洗濯します。

べんきょうに（勉強に）＋いきます（行きます）
→べんきょうにいきます。

もえない（燃えない）＋ごみを（ゴミを）
→もえないごみを出さないでください。

われない（割れない）＋おさらを（お皿を）
→われないおさらを取ってきてください。

4、 不管前部、後部是否有重音核，複合動詞的重音核落在語
末算來第二拍。

🎧 請聽録音 21-4

かく＋おわる→かきおわる（書き終わる）

とる＋あつかう→とりあつかう（取り扱う）

はしる＋つづける→はしりつづける（走り続ける）

ふる＋だす→ふりだす（降り出す）

みる＋すぎる→みすぎる（見過ぎる）

よぶ＋かける→よびかける（呼びかける）

よむ＋はじめる→よみはじめる（読み始める）

5、 動詞活用形的重音有以下兩種：

ア）終止形、連体形沒有重音核，整理如表 ㉑：

表 ㉑ 終止形、連体形沒有重音核動詞活用形的重音

🎧 請聽錄音 21-5

終止形	V1+ない	V2+ます	V2+て	V2+た	V3+と	V4+とき	V5+ば	V6
(い)く	(い)かない	(い)きます	(い)って	(い)った	(い)くと	(い)くとき	(い)けば	(い)け
(か)う	(か)わない	(か)います	(か)って	(か)った	(か)うと	(か)うとき	(か)えば	(か)え
(うた)う	(うた)わない	(うた)います	(うた)って	(うた)った	(うた)うと	(うた)うとき	(うた)えば	(うた)え
(いれ)る	(いれ)ない	(いれ)ます	(いれ)て	(いれ)た	(いれ)ると	(いれ)るとき	(いれ)れば	(いれ)ろ
(はじま)る	(はじま)らない	(はじま)ります	(はじま)って	(はじま)った	(はじま)ると	(はじま)るとき	(はじま)れば	(はじま)れ
(おしえ)る	(おしえ)ない	(おしえ)ます	(おしえ)て	(おしえ)た	(おしえ)ると	(おしえ)るとき	(おしえ)れば	(おしえ)ろ

イ）終止形、連体形有重音核，整理如表 ㉒：

表 ㉒ 終止形、連体形有重音核動詞活用形的重音

🎧 請聽錄音 21-6

終止形	V1+ない	V2+ます	V2+て	V2+た	V3+と	V4+とき	V5+ば	V6
(よ)む	(よ)まない	(よ)みます	(よ)んで	(よ)んだ	(よ)むと	(よ)むとき	(よ)めば	(よ)め
(み)る	(み)ない	(み)ます	(み)て	(み)た	(み)ると	(み)るとき	(み)れば	(み)ろ
(ある)く	(ある)かない	(ある)きます	(ある)いて	(ある)いた	(ある)くと	(ある)くとき	(ある)けば	(ある)け
(おき)る	(おき)ない	(おき)ます	(おき)て	(おき)た	(おき)ると	(おき)るとき	(おき)れば	(おき)ろ
(がんば)る	(がんば)らない	(がんば)ります	(がんば)って	(がんば)った	(がんば)ると	(がんば)るとき	(がんば)れば	(がんば)れ
(おぼえ)る	(おぼえ)ない	(おぼえ)ます	(おぼえ)て	(おぼえ)た	(おぼえ)ると	(おぼえ)るとき	(おぼえ)れば	(おぼえ)ろ

練習

寫出並讀出下表內動詞活用形的重音

終止形	V1+ない	V2+ます	V2+て	V2+た	V3+と	V4+とき	V5+ば	V6
いう								
する								
あそぶ								
あげる								
はたらく								
きこえる								
きる（切る）								
くる								
おもう								
うける								
あつまる								
こわれる								

助詞與句子的發音

要點整理

1、 一拍的助詞（が、を、へ、に、と、や、で、は、
も…）接續在名詞之後時，助詞的重音由前面名詞的重音
型決定。二拍的助詞「から」或「だけ」也是不例外地和
一拍的助詞同一型態。

🎧 請聽錄音 22-1

助詞	頭高型、中高型	尾高型	平板型
が	にほんが	やまが	さけが
を	おかしを	みみを	つくえを
に	にもつに	むすめに	くるまに
も	くだものも	みっつも	しんぶんも
から	たいふうから	へやから	こうえんから
だけ	あなただけ	さしみだけ	きょうしつだけ

2、 「から」、「だけ」以外的二拍助詞（より、さえ、でも、こそ、まで、すら、など…）或是兩助詞相連（には、にも、へは、とも…）接續在名詞之後時，前面的名詞有重音核時，隨名詞的音調變低。而名詞若是平板型時，助詞的第1拍為高音，後面的拍為低音。

🎧 請聽録音 22-2

	名詞為頭高、中高型	名詞為尾高型	名詞為平板型
より	そらより	おとうとより	わたしより
でも	こころでも	いもうとでも	さくらでも
まで	きょうまで	あしたまで	がっこうまで
に＋は	あなたには	へやには	いすには
まで＋も	たいわんまでも	あしまでも	せんぱいまでも
から＋は	かんこくからは	まちからは	おきゃくからは
へ＋より＋も	インドへよりも	やまへよりも	だいがくへよりも

3、 藉由助詞組成名詞句或是動詞句時，發音上音調也會統合
成一個單位。

🎧 請聽錄音 22-3

すうがくのれんしゅうをはじめます。
（数学の練習を始めます。）

やきゅうだけがちゅうもくされます。
（野球だけが注目されます）。

アメリカからきました。
（アメリカから来ました）

にほんごではなします。
（日本語で話します。）

4、 助詞「の」會取消前面名詞語末的重音核。因爲發音上也
特別把它歸結成一個「名詞句」的緣故。如下例般，以高
音調與後續的名詞互相結合。

🎧 請聽錄音 22-4

おとこのびようしがいいです。
（男の美容師がいいです。）【おとこ】

おんなのきもちをしってもらいたいです。

（女の気持ちを知ってもらいたいです。）【おんな】

やまのうえからおりました。

（山の上から下りました。）【やま】

練習　🎧 請聽錄音 22-5

アメリカのいちりゅうのだいがくにしんがくしました。

（アメリカの一流の大学に進学しました。）

だいがくのともだちのがぞうがのせられた。

（大学の友達の画像が載せられた。）

とびらから、たいせつなプリントがとんでいって
しまった。

（扉から大切なプリントが飛んでいってしまった。）

たんすのひきだしがおもくなってきました。

（タンスの引き出しが重くなってきました。）

らいねんのカレンダーは、もうよういしました。

（来年のカレンダーはもう用意しました。）

えいごのしんぶんをよみますか。
（英語の新聞を読みますか。）

おとうとのがっこうへいきました。
（弟の学校へ行きました。）

いもうとのカメラをかりました。
（妹のカメラを借りました。）

「今日は朝からずっとふらふらするんだ。」

（今天一早就一直昏昏沈沈的。）

「睡眠不足なんじゃない？」

（應該是睡眠不足吧！）

句調

要點整理

1、 單字裡高低的變化是重音，句子裡或是句末音的高低變化即是句調。我們藉由句子裡或是句末音高低的變化向對方淺顯明瞭地傳遞意思的歸結，強調自己特別想要訴說的部分，積極地向對方推動些什麼，說明自己是以什麼樣的感受在說話。

2、 基本上句子最後若是音調上昇則構成「疑問」或是「勸誘」的句調，若維持句末平的音調，則構成「斷定」的句調。音調下降則表示「了解」「確認」「贊同」等音調。即使是在句子裡，單字本身具有的音調型不會變。

🎧 請聽錄音 23-1

「（勝_かったのは）ニホン？↗」（かつ、にほん）

「（そう）　　　ニホン。→」

どうぞ↗。遠慮なく召し上がって↗。
（どうぞ、えんりょ、めしあがる）

今日も暑いですね↘。（きょう、あつい）

3、 雖不是疑問句，在列舉事物的時候，相較其他部分，被列舉的部分會發較高的音。此時各個單字本身具有的重音型也不會變。例如：

🎧 請聽錄音 23-2

数学と理科と国語とでは、どれが一番好きですか。
（すうがく、りか、こくご）

4、 一個句子裡説話者最想向對方訴説的部分叫做焦點（フォーカス）。相較於其他部分，焦點的部分會特別提高音調使其明顯。此時，變高的部分會也同時變強且多少拉長些。例如以下例句，話者自己積極地想要強調某部分的情報，或是針對括弧的疑問所做的回答時，話者會將重要的部分（焦點）特別提高音調使其明顯。

🎧 請聽錄音 23-3

昨夜 静香と 渋谷で 映画を見ました。
（ゆうべ、しずか、しぶや、えいが、みる）

（いつ　静香と　渋谷で　映画を見ましたか。）

昨夜　**静香と**　渋谷で　映画を見ました。

（昨夜　**誰と**　渋谷で　映画を見ましたか。）

昨夜　静香と　**渋谷で**　映画を見ました。

（昨夜　静香と　**どこで**　映画を見ましたか。）

昨夜　静香と　渋谷で　**映画を見ました。**

（昨夜　静香と　渋谷で　**何をしましたか。**）

5、　助詞「は」有二大機能。其一是表示主題。焦點的位置在
「は」之後解説的部分，句調變高。「は」和「が」只有
一字之差，句調卻完全不同。

🎧 請聽録音 23-4

あの人は　森田さんです。（あの｢ひと、も｢りたさん）

（あの人は　**誰ですか。**）

あの人が　森田さんです。

（**どの人が**　森田さんですか。）

6、 助詞「は」另一是表示對比的機能。所謂「對比」是在發話中比較二個以上的要素，將其對照說明。二個以上的要素藉由助詞「は」互為對比的同時，藉由提高「は」前面的部分的音調來達到對比的效果。

🎧 請聽錄音 23-5

日本語は好きですが、英語はまったくだめなんです。
（にほんご、すき｜だ、えいご、まったく、だめだ）

フォークではよく食べるんですけど、お箸ではそんなに食べません。

（フォーク、おはし）

ほしいのは、あなたの財産ではなく、あなたの愛情なんですよ。（ほし｜い、ざ｜いさん、あいじょう）

7、 由於疑問詞「何か」與「何を」的差異，句中的焦點位置也產生差異，同時句調的表現方式也不同。

🎧 請聽錄音 23-6

何か　食べますか？

はい、食べます。／ いいえ、結構です。（け｜っこう）

何を 食べますか？ （なにを）

ラーメンを食べます。／ パンがいいです。／
チャーハンをください。

（ラーメン、パン、チャーハン）

8、 句末句調有四種型態，整理如表 ❷❸：

表 ❷❸ 句末句調四種型態

A	上昇 ↗	招呼、召喚（喚起對方的注意）
B	疑問上昇 ↝	提問、質疑（尋求對方的回答或回應）
C	下降 ↘	說完、說畢（表示自己的情感）
D	上昇下降 ⌒	招呼、召喚＋自己的情感

🎧 請聽録音 23-7

A ちょっと高橋さん↗。忘れものよ。

（ちょっと、たかはしさん、わすれもの）

B あのう、このノート落としたの、高橋さん↝?

（ノート、おとす）

C あっ、そう。このケーキを作ったの、高橋さん
↘。（ケーキ、つくる）

D ちょっと高橋さん⌒。早くここに来てくださいよ。

（はやい）

9、 終助詞「よ」是向對方訴說話者的情感或判斷，給予對方新情報（說話者感覺認為只有自己知道此情報）。「ね」則是對於話者的知識、認識，向對方確認或尋求對方的同意（說話者感覺認為對方也知道此情報）。

例如：

🎧 請聽錄音 23-8

気^きをつけてよ↗。（き、つ<u>け</u>る）

気^きをつけてね↗。

このドラマ、今日^{きょう}が最終回^{さいしゅうかい}ですよ↗。

（<u>ド</u>ラマ、<u>きょ</u>う、<u>さ</u>いし<u>ゅ</u>うかい）

このドラマ、今日^{きょう}が最終回^{さいしゅうかい}ですね↗。

10、 句末「よ」的句調：

A：よ＋上昇↗：招呼、召喚對方、輕快

🎧 請聽錄音 23-9

もう8時^じだよ↗。早^{はや}く起^おきなさい。

（は<u>ち</u>じ、お<u>き</u>る）

このお菓子、おいしいよ↗。食べてごらん。

（おかし、おいしい）

B：よ＋疑問上昇⌣：提問、質疑對方

🎧 請聽錄音 23-9

もう8時だよ⌣。早く起きなさい。

このお菓子、おいしいよ⌣。食べてごらん。

C：よ＋下降↘：話者與對方之間情報的落差＋話者的情感

🎧 請聽錄音 23-9

えっ、まずい？そんなことないよ↘。

おいしいよ↘。（まずい）

ここで歌うなんていやだよ↘。はずかしいよ↘。

（うたう、いやだ、はずかしい）

D：よ＋上昇下降～：話者的情感＋招呼、召喚對方

🎧 請聽錄音 23-9

えっ、まずい？そんなことないよ～。

おいしいよ～。

ここで歌うなんていやだよ～。はずかしいよ～。

11、句末「ね」的句調：

A：ね＋上昇↗：向對方確認、輕快

🎧 請聽錄音 23-10

先生も、もちろんいらっしゃいますね↗？（せんせい、もちろん、いらっしゃる）

この漫画、面白いんだね↗。（まんが）

B：ね＋疑問上昇︶：向對方確認、尋求回答

🎧 請聽錄音 23-10

先生も、いらっしゃいますね︶？

笑ってるから、この漫画、面白いんだね︶？
（わらう）

C：ね＋下降↘：話者的驚訝、害怕、不滿

🎧 請聽錄音 23-10

この漫画、意外と面白いんだね↘。（いがい）

バスがなかなか来ないね↘。

（バス、なかなか、くる）

D：ね＋上昇下降⌢：話者的情感＋向對方尋求互動

🎧 請聽錄音 23-10

本当に、あの人のアイディアは面白いねえ⌢。
（ほんとうに、アイディア）

一時間も待ってるのに、バスが来ないねえ⌢。
（いちじかん、まつ）

12、句末「でしょう」的句調：

🎧 請聽錄音 23-11

午後は雨が降るでしょう＼。【推測】
（ごご、あめ、ふる）

高橋さんも行くでしょう⌣。【確認、要求同意】
（たかはしさん、いく）

13、句末「でしょ」的句調：

🎧 請聽錄音 23-12

だからさっきから、迷惑だって言ってるでしょ⌣。
【確認、要求同意】（めいわく、いう）

147

14、句末「でしょうか」的句調：

🎧 請聽錄音 23-13

ご都合いかがでしょうか。＼【客氣詢問】（つごう）

「あれ、ドアが閉まっている。」（ドア、しまる）

「出かけているんじゃないでしょうか。」＼【推測】
（でかける）

15、句末「そうですか」的句調：

🎧 請聽錄音 23-14

「このケーキおいしいよ。」（ケーキ）

「そうですか。＼じゃ、一ついただきます。」
【同意、了解】（ひとつ、いただく）

「明日テストがあるよね。」（テスト）

「え、そうですか。↙あさってじゃないの。」【疑問】
（あさって）

「うちのチームが優勝したよ。」
（うち、チーム、ゆうしょう）

「そうですか。＼よかったね。」【驚喜】

「行きますか。去年も行かなかったし。」（きょねん）

「そうですか。→じゃ、行かせてください。」

【猶豫】

16、句末「そうですね」的句調：

🎧 請聽錄音 23-15

「これは面白い小説ですね。」（しょうせつ）

「そうですね。＼面白いですね。」【同意】

「会議は1時からでしたね。そうですね。◡」【確認】
（かいぎ）

「ちょっと待ってて。」（ちょっと、まつ）

「そうですね。→急用もあるので。」【猶豫】
（きゅうよう）

17、句末「じゃない」的句調：

🎧 請聽錄音 23-16

「これ、おいしいものじゃない。⌣」【尋求意見】

「ううん、おいしいよ。」

「おいしい？」

「ううん。おいしいものじゃない。↘」【否定】

「どうぞ、食べてみて。」

「へえ、おいしいじゃない。↘」【驚訝】

練習　　🎧 請聽錄音 23-17

テストは、午後↗?（テスト、ごご）

どの小説を読む↗?推理↗?ラブ↗?
（しょうせつ、よむ、すいり、ラブ）

何を出した↗？パー↗？グー↗？それとも、チョキ↗？
（だす、パー、グー、チョキ）

魚と鶏肉と豚肉と、どれになさいますか。
（さかな、とりにく、ぶたにく）

友達へはあげたけど、恋人へはあげなかったよ。
（ともだち、あげる、こいびと）

それは、わたしの問題じゃなくて、あなたの問題なんですよ。（もんだい）

誰か　来たのですか。　　　　　　誰が　来たのですか。

何か　おかしいのですか。　　　　何が　おかしいのですか。

そんなにお金がかかるなら、行くのはいやだよ↗。
（おかね、かかる、いやだ）

そんなにお金（かね）がかかるなら、行（い）くのはいやだよ↘。

オープンの時間（じかん）は8時（じ）ですよ↘。確認（かくにん）したじゃないですか↘。（オープン、かくにんする）

今度（こんど）、勝（か）ったのはうちのチームだね↗？
（こんど、かつ、うち、チーム）

今度（こんど）、勝（か）ったのはうちのチームだね↘？

負（ま）けたと思（おも）ってたけれど、勝（か）ったのはうちのチームだね↘。
（まける、おもう）

村野（むらの）さん、明日（あした）は、来（こ）られないでしょう↘。（むらのさん）

「帽子（ぼうし）をかぶってる人（ひと）を覚（おぼ）えていますか？」
（ぼうし、かぶる、おぼえる）

「清水君（しみずくん）でしょう↘。」（しみずくん）

ほら、中田さんが入院してるでしょ⌣。だから、行けないの。（ほら、なかださん、にゅういんする）

博物館へはどうやって行ったらいいんでしょうか。↘（はくぶつかん）

それ、わたしの辞書じゃないでしょうか。↘（じしょ）

ああ、そうですか。↘やっぱりそこにあったんですね。

「部屋番号は234です。」（へやばんごう）

「え、そうですか。⌣243じゃないの。」

「うちの子が大学院に受かったよ。」
（だいがくいん、うかる）

「そうですか。↘おめでとうございます。」

「買おうか。そんなに高くないから。」（かう、たかい）

「そうですか…。→やっぱり高い。」

153

「ほんとうに歌が上手ですね。」（うた、じょうずだ）

「そうですね。＼ほんとうに上手ですね。」

「本当は全然できてなかった。そうですね。‿」
（ぜんぜん、できる）

「帰りましょう。」（かえる）

「そうですね…。→ほかに仕事あるから。お先にどうぞ。」
（しごと）

誰か来たんじゃない。‿音がするよ。（おと）

「お父さんは大学で教えてるの？」（だいがく、おしえる）

「ううん。大学の教授じゃない。＼」（きょうじゅ）

「出来上がりました。」（できあがる）

「へえ、すごいじゃない。＼上手に描いたよ。」
（すごい、かく）

停頓

要點整理

1、 除了音調之外，具有區別意義功能的還有「停頓（ポーズ）」。所謂「停頓」，是指說話中途所發生聲音或氣息的斷開處。說話插入適當的停頓具有說明意圖、強調、易懂、流暢等重要功能。

2、 適當的停頓是指：(1)句與句之間要有一定的停頓，(2)名詞修飾節內不要停頓，且要與後接的助詞一起念，不要斷開，(3)意思歸結的斷開處要有停頓等等。（「◆」表示短的停頓，「～」表示不要停頓，且要與後接的助詞一起念，不要斷開。）

🎧 請聽錄音 24-1

今朝、◆弟と母が焼いたクッキーを食べてしまいました。（やく、クッキー）

⇒弟と母がクッキーを作りました。私が食べました。

今朝弟と、♦母が焼いたクッキーを食べてしまいました。

⇒母がクッキーを作りました。私が弟と食べました。

高田さんは、♦丁寧にコーヒーを入れているマスターに聞きました。（たかださん、ていねい、コーヒー、いれる、マスター、きく）

⇒マスターが丁寧にコーヒーを入れています。

高田さんは丁寧に、♦コーヒーを入れているマスターに聞きました。

⇒高田さんが丁寧に聞きました。

練習 1 🎧 請聽錄音 24-2

「♦」表示短的停頓，「～」表示修飾節內不要停頓，且要與後接的助詞一起念，不要斷開。

目と鼻の下が汚いです。（め、はな、した、きたない）

目と、♦鼻の下が汚いです。

姉が描いたばかりの油絵を電車に忘れました。

（あね、かく、あぶらえ、でんしゃ、わすれる）

姉が、♦描いたばかりの油絵を電車に忘れました。

練習 2 🎧 請聽錄音 24-3

「♦」表示短的停頓，「♦♦」表示稍長的停頓，「～」表示修飾節內不要停頓，且要與後接的助詞一起念，不要斷開。

　私は王建名です。有名なプロ野球選手の王建民と間違えられますが、名前の名と書きます。♦♦去年の九月の上旬に台湾の真ん中にある南投県の集集という所から来ました。♦♦今、♦台日大学日本語学科の学生で、♦１８歳です。♦♦

　大学は世界有数の故宮博物館のすぐ近くにあります。♦♦学校はあまり大きくないです。♦♦しかし、♦建物が新しくて、♦設備もいいです。♦♦日本語学科は坂の上にある第一ビルの１０階にあります。♦♦

　院生も含めた日本語学科の学生は、♦全部で千人ぐらいい

157

ます。台湾の学生だけではありません。いろいろな国の学生がいます。香港、韓国、中国、マレーシアなどの国の学生もいます。みんな私の好きないい友だちです。

寮は学校の一番裏にあります。留学生と中、南部の学生はほとんどこの寮にいます。寮は、私たちの台北のうちです。私たちは、毎日、いろんな料理が食べられる学校の食堂で一緒にご飯を食べます。そして、アスレチックジムも付いている体育館でバドミントンやピンポンをします。

私は、高校で二年ぐらい第二外国語としての日本語を勉強しました。しかし、日本語学科の勉強のスピードはとても速いです。日本語は思ったよりも難しいです。毎日、朝から晩まで勉強します。

私は、この学校で四年間日本語を勉強します。卒業後、日本の大学へ留学に行きたいです。将来は台湾と日本のために役に立つ仕事がしたいと思っています。

縮約形

要點整理

1、 日語的口語裡常出現所謂「縮約形」，亦即同一語詞卻有複數相異的音形。例如：「のだ→んだ」「てしまう→ちゃう」等等。這種縮約形不僅僅出現在非正式場合，正式場合中也常常使用。對於台灣的日語學習者而言，是運用困難的學習項目之一。

2、 在正式場合中也常常使用的縮約形基本上可以分爲以下五大類：

ァ）單音的脱落

A) ている→てる　　🎧 請聽録音 25-1

林さん今何をしてますか。（はやしさん）

B) けれども→けど　　🎧 請聽録音 25-1

たくさん集めているけど、がらくたばかりです。

（あつめる、がらくた）

C）ところ→とこ　　🎧請聴録音 25-1

遊びたいのですが、いいとこありませんか。

（あそぶ）

イ）撥（鼻）音化

A）のだ→んだ　　🎧請聴録音 25-2

せっかくだけど、今日はちょっと都合が悪いんです。（せっかく、つごう、わるい）

B）こ/そ/あ/どのような/に→こ/そ/あ/どんな/に

　　🎧請聴録音 25-2

そんなに食べては太る一方ですよ。

（ふとる、いっぽう）

C）なにか→なんか（フィラー）　　🎧請聴録音 25-2

私も、なんか、こんなやつがやっぱり、あまり好きじゃありません。（やつ）

D）みな→みんな　　🎧請聴録音 25-2

予選で敗退したのは、みんな監督の責任です。

（よせん、はいたい、かんとく、せきにん）

E) いろいろな→いろんな　🎧 請聴録音 25-2

ここではいろんな動画（どうが）が見（み）られます。（どうが）

F) あまり→あんまり　🎧 請聴録音 25-2

宿題（しゅくだい）がたくさんあったから、あんまり遊（あそ）べませんでした。（しゅくだい）

ウ）促音化

A) という→っていう（句末）　🎧 請聴録音 25-3

あれも季刊誌（きかんし）で、「易（やさ）しいJAPANESE」っていいます。（きかんし、やさしい）

B) という+名詞/形式名詞→っていう+名詞 / 形式名詞

🎧 請聴録音 25-3

山賊王（さんぞくおう）っていう漫画（まんが）ご存知（ぞんじ）ですか？

（さんぞく、まんが、ぞんじ）

C) というのは→っていうのは 🎧 請聴録音 25-3

珍珠奶茶（チンジユウナイチヤ）っていうのはどういう飲（の）み物（もの）ですか。

（のみもの）

D) というか→っていうか（フィラー）

🎧 請聽錄音 25-3

「あの人は優しそうですね。」

「っていうか、愛想がいいんですよ。」

（やさしい、あいそ）

E) やはり→やっぱり 🎧 請聽錄音 25-3

やっぱり日本料理はおいしいですね。

（にほんりょうり）

F) ておく→とく 🎧 請聽錄音 25-3

佐藤君、コピー用紙がないから、買っといてください。（さとうくん、コピーようし、かう）

エ）拗音化

A) では+否定→じゃ+否定 🎧 請聽錄音 25-4

わざわざ行かなくてもいいんじゃありません。

（わざわざ）

B) 接續詞（それ）では→（それ）じゃ

🎧 請聽錄音 25-4

じゃ、また明日。

C) なければ→なきゃ　🎧 請聽錄音 25-4

早く起きなきゃいけないので、お先に失礼します。
（しつれい）

D) てしまう→ちゃう　🎧 請聽錄音 25-4

お腹がすいちゃって。（おなか、すく）

オ）其他　🎧 請聽錄音 25-5

なんというか→なんていうか（フィラー）

あっさりっていうか、なんていうか、本当においしかっ
たです。（あっさり）

練習
🎧 請聽錄音 25-6

このドラマ、嵐が出てるんですよ。
（ドラマ、あらし、でる）

遠いけど、歩きましょう。（とおい、あるく）

聞くとこによると、彼は海外に行くらしいです。
（きく、かれ、かいがい）

嫌いなので、牛肉を食べないんです。
（きらいだ、ぎゅうにく）

こんなに暖かければ、ほどなく桜も咲くことでしょう。
（あたたかい、ほどない、さくら、さく）

よく分からないんですけど、なんか、今までやってきている
んじゃないですか。（わかる）

みんなで集まってお話をしましょう。（あつまる、はなし）

そこではいろんな料理が食べられます。（りょうり）

事故で怪我をして、あんまり歩けませんでした。
（じこ、けが、あるく）

花岡が書いた創作集のタイトルは「さくら」っていいます。
（はなおか、かく、そうさくしゅう、タイトル）

YYカメラマンっていう雑誌がいいですね。
（カメラマン、ざっし）

恋っていうのが何かよく説明できますか。
（こい、せつめい）

バスで一時間もかかります。っていうか、面倒くさいです。
（バス、かかる、めんどうくさい）

先生に何回も聞いてみたが、やっぱり分かりませんでした。
（せんせい、なんかいも、きく、わかる）

明日テストがあります。単語を覚えときましょう。
（テスト、たんご、おぼえる）

解答はひとつだけじゃありません。（かいとう、ひとつ）

パーティーは楽しくなきゃ、嫌ですよ。
（パーティー、たのしい、いやだ）

ごめんね。つい食べちゃって。（ごめん、つい）

信じられませんね、なんていうか、こんなに上手に書いたの
は。（しんじる、じょうずだ、かく）

國家圖書館出版品預行編目資料

日語發音學25講／羅濟立、吳秦芳編著. ——
二版.——臺北市：五南圖書出版股份有限
公司，2024.12
面；　公分
ISBN 978-626-393-951-6（平裝）

1.CST: 日語　2.CST：發音

803.14　　　　　　　　　113017765

1X7S

日語發音學25講

編　　著 ― 羅濟立、吳秦芳

編輯主編 ― 黃文瓊

責任編輯 ― 吳雨潔

日文校對 ― 關口剛司

封面設計 ― 姚孝慈

內文插圖 ― 凌雨君

出 版 者 ― 五南圖書出版股份有限公司

發 行 人 ― 楊榮川

總 經 理 ― 楊士清

總 編 輯 ― 楊秀麗

地　　址：106臺北市大安區和平東路二段339號4樓

電　　話：(02)2705-5066　傳　　真：(02)2706-6100

網　　址：https://www.wunan.com.tw

電子郵件：wunan@wunan.com.tw

劃撥帳號：01068953

戶　　名：五南圖書出版股份有限公司

法律顧問　林勝安律師

出版日期　2013年 8 月初版一刷（共四刷）
　　　　　2024年12月二版一刷

定　　價　新臺幣300元

經典永恆・名著常在

五十週年的獻禮 ── 經典名著文庫

五南，五十年了，半個世紀，人生旅程的一大半，走過來了。

思索著，邁向百年的未來歷程，能為知識界、文化學術界作些什麼？

在速食文化的生態下，有什麼值得讓人雋永品味的？

歷代經典・當今名著，經過時間的洗禮，千錘百鍊，流傳至今，光芒耀人；

不僅使我們能領悟前人的智慧，同時也增深加廣我們思考的深度與視野。

我們決心投入巨資，有計畫的系統梳選，成立「經典名著文庫」，

希望收入古今中外思想性的、充滿睿智與獨見的經典、名著。

這是一項理想性的、永續性的巨大出版工程。

不在意讀者的眾寡，只考慮它的學術價值，力求完整展現先哲思想的軌跡；

為知識界開啟一片智慧之窗，營造一座百花綻放的世界文明公園，

任君遨遊、取菁吸蜜、嘉惠學子！